[著] 橘叶和
[画] 武田ほたる
I
友だち以上
恋人未満の
魔法使いたち
竜王陛下も
カースト上位女子も
私の人生の邪魔はしないでください!

CONTENTS

序章……卒業式当日……

誓って申し上げます、竜王陛下。私は、本当に何の罪も犯してはいません。

「漆黒の魔石を作り上げた方がいる筈です。さあ、前へ」

それなのにどうして、魔法学校の卒業式後のパーティー会場でこんなふうにつるし上げられなければならないのですか。出る杭は打たれると母に何度も釘を刺されたから、筆記試験でも実技試験でも高得点を出さないように平均点を取れるように努力してきた。目を付けられないように問題も起こさず、真面目にひたすら目立たないように目立たないように小さくなって生きてきたのに、こんな最後の最後で！

「おい、シャノン、何してる。さっさと行け」

そう後ろからせっついてきたのは、私の数少ない友人であるエヴァンだ。彼は私と真逆で常に皆の注目を浴びる存在だったから、失礼は承知で人のいる時は近寄らないでと頼んでいた。だから私たちが友人関係にあることを知っている人などいない。さすがにこのざわついた場では彼に話しかけられたくらいで見咎められることもないが、しかしそういうことではないのだ。私は小声の範囲で彼に向かって叫んだ。

「何でそんなこと言うんですか？　私がどうなってもいいんですか⁉」

「心配はいらない、どうにもならん。クライヴ、こっちだ！」

「おや」

「――っ！」

エヴァンは私の二の腕を掴むと、会場の中央へ歩き出した。中央で〝漆黒の魔石を作り上げた方〟を探していた〝誰か〟がこちらを振り向く。あまりのことに私は、声にならない音で叫ぶことしかできなかった。

1……卒業式五日前……

この世界の魔法は、天にまします竜王陛下がその大いなる御力を人々に貸し与えてくださったもの。その証拠に全ての人々は魔法の恩恵を受けることはできるが、獣たちはそうではない。……と、いうのが、世界聖竜王教会の教えである。世界聖竜王教会とは、ほとんどの国が国教として定めている世界最大の宗教団体のことだ。多くの国の王侯貴族や上流階級、そして魔法協会との強い繋がりがある一大組織なのだ。

確かにただの獣は魔法を使わないが、魔法生物という魔法を使う獣はいるのだから、その教えは初めから破綻しているような気はする。そのせいで、教会と魔法生物学者たちの仲は悪いらしい。

まあ、世界を創造した主神である竜王陛下はすごいんだぞ、と言いたいのだろう。この世界では貴賤や老若男女を問わず、創造主たる竜王陛下を尊敬する者は多い。

だからなのか、魔法を学ぶ為の学校にはどの国でも必ず竜王陛下の銅像が飾られている。竜王陛下を見たことのある人などいないから、形は様々らしい。私の通う三年制の魔法学校であるカエルム魔法学園にも、敷地内の中央広場に大きくて厳めしい竜王陛下の銅像が飾られてあるのだ。教師や学生たちの中にも敬虔な信者がおり、毎朝お祈りをしている人もいる。ちなみに私は敬虔さとは程遠く行事の時にしか教会に行かないタイプで、けれどそれを咎められるようなことはない。そのくらいにはおおらかな宗教なのだ。

ただ、竜王陛下に不敬なことを言う人なんてそうそういない。たとえ思っていても言うべきでないという雰囲気が強いのだ。だから、信仰に対しても難癖をつける人だってそういない。……そう、彼を除いては。

「……あんなオオトカゲを、ただでかくしたような銅像に毎日祈る奴らの気が知れん」

「エヴァン、しっ！」

校舎の裏にある陽があまり入らない薄暗い森で、エヴァンがまた悪態を吐く。真っ黒で少しふわふわしている短めの髪に濃い紫色の切れ長の瞳、手足が長く雰囲気のある美しい青年の口からそんな悪い言葉たちが出てくるなんて初対面では誰も信じないだろう。ちなみにそんなに美しい彼に対して、私は随分と平凡な見た目をしている。薄茶色の髪はボブにして編み込んでいて母と同じ深い青色の瞳もお気に入りだけれど、いかにも普通だ。特徴のない目鼻立ちで、あまり覚えてもらえない顔をしている。これでも同じ三年生の十八歳だけれど、並び立った時に彼と私を同い年だと思ってくれる人は少ないだろう。

ここは私とエヴァンの秘密基地だ。立ち入り禁止ではないが、ほとんどの生徒はこんな所には来ない。全寮制の息苦しさから解放されたくて入学当初に私が見つけた秘密の場所は、後から加わった彼によって椅子や棚が置かれたりして大変に快適だ。野ざらしではあるが、この森は陽が入らない代わりに雨も風も凌がせてくれる。夏は涼しいし寒ければ魔法で火を熾して焚火をすればいい。暗さは簡単な光魔法でどうとでもなった。

「お前もそう思うだろう、シャノン。あんなものに祈ったところで魔法の腕など上がる筈がない」

エヴァンからすればそうなのだろう。彼は天に二物を与えられた側の人間だ。魔力、頭脳、容姿、その全てが他人より優れている。同級生ではあったものの、友人になる前は一生関わり合いにならない人種だなあと思っていた。

そんな彼だから入学当初からいろんな人に絡まれてうんざりしていたそうだ。私のようにこそこそと隠れることもできない優秀さだから仕方がなかったのだろう。一年生の後期が始まった日、そんなふうに疲弊したエヴァンがこの秘密基地を見つけてから私たちの友人関係も始まった。そしてこうやって三年生の最後までこの関係は続いている。

「それはまあ、そうかもしれないですけど……」

「かもじゃない、そうなんだ」

「ほら、心の支えとか、そういうものなんじゃないですか？」

「……」

「そ、そんなに嫌そうな顔しないでも」

眉間に皺を寄せて思い切り嫌そうな顔をするエヴァンは、竜王陛下の話題がとにかく嫌いだ。話題というより、おそらく竜王陛下が嫌いなんだろう。けれど、この世界でそんなことを声高に言うべきじゃない。誰に何をされるか分からないんだからと窘めたところで、彼は全く意に介していないから私ももうほとんど諦めている。

「シャノンはどう思う、あの醜い姿を」

「醜いって……。それ、もしかしてあの、銅像のことを言ってます？」

「竜の銅像のこと以外にないだろう」

「もう！　せめて竜王陛下って言って！」

「で、どう思うんだ？」

今日のエヴァンは少しおかしい。前々から竜王陛下に対してあたりがきつかったが、こんなことを聞いてきたことはなかった。戸惑うけれど、答えない訳にもいかないのだろう。私はなんとか答えを絞り出した。

「どう思うって、だから、竜王陛下だなあって……」

「醜いと思うだろう。ここの銅像は特に大きいばかりで翼もない。あれでは本当にただのオオトカゲだ」

「ううーん……。でも、私、実家にオオトカゲいますし」

「は？」

「私の母が魔法使いって話しましたよね？　使い魔なんですよ、母の」

「何が？」

「オオトカゲが。元々は祖母の使い魔でおじいちゃんなんですけどね、今でも素早いんですよ。すごく頼もしくて、何かあったら母より先に駆けつけてくれるんです」

この世界の人間は皆魔法が使えるけれど、魔法使いを名乗れるのはごく一部だ。大体の人は魔法を職業に出来る程の魔力量を持たない。しかし私の母の家系は代々田舎で魔法使いとして魔法薬を売っている。私もその跡を継ぐ為にこの学校で学んだのだ。

魔法使いには使い魔が不可欠、という訳でもないけれど、我が家にはオオトカゲのみーちゃんがいる。おじいちゃんだけどみーちゃん。オオトカゲだけど一般的なオオトカゲよりも大きくて、色も白くて日向ぼっこが大好きな可愛い使い魔だ。使い魔なのでこちらの言っていることも分かるし、ちょっとした魔法も使える。田舎では万能なみーちゃんで有名なのだ。

「オオトカゲが使い魔って……」

「うちの地域では珍しくなかったみたいですよ。大体、蛇を使い魔にする人もいるんですから、オオトカゲだって使い魔になります」

「普通、猫とかじゃないのか」

「まあ、猫も犬も問答無用で可愛いですけど、オオトカゲも可愛いですよ。だから、別にあの銅像を見ても、醜いとは思わないですね。これを言ったら怒られそうですけど、むしろ親近感が湧きます」

竜王陛下に親近感を感じている訳ではなく、あくまであの銅像に対して感じていることだ。銅像はみーちゃんのようにごつごつした皮膚をしていないが、私がこの全寮制の学校で三年間ホームシックにならなかったのはあの銅像を毎日見ていたからかもしれない。学舎が中央広場を囲むようにして建っているので、渡り廊下や教室から銅像はよく見えるのだ。

ああ、何だか少し懐かしくなってきた。もうすぐ卒業だからだろうか。けれど、そんなふうに思い出に浸っている私をエヴァンが変な目で見てくる。

「……」

「何です、その目は」

「いや？　やっぱりシャノンは変わり者だと思っただけだ」

「し、失礼な。私からすればエヴァンの方がよっぽど変わり者に見えます！」

「どこが。俺は成績を弄ったりしない普通の生徒だ」

「私だって弄ってはいません」

「そうか」

エヴァンはじとりと私を睨みつける。初めの頃はこの端整な顔が向けられるだけで緊張したものだが、最近ではそれなりに慣れた。けど、睨まれたくはない。そっと目を泳がせるが、彼の視線からは逃れられなかった。

「つまりお前は、試験の度に魔力が減って、ど忘れをした上にペンのインクが無くなることを普通だと」

ひどい嫌味だ。実技試験では魔力が少なく計測されるように調整をして、筆記試験では理解できた五分の三くらいしか書かず、たまにインク切れを装ったりして成績を調整している私への嫌味だ。だって。

「目立ちたくないだけなんですよ」

「好きこのんで目立つ必要もないだろうが、勝手に騒ぎ立てる輩なんて放っておけばいいだろう」

「……面倒は嫌です。エヴァンだって、大変な思いをしているからここに休みに来ているんでしょう?」

私はこの学園に入学する前、母に何度も何度も同じことを言われた。「出る杭は打たれる」と。母もこの学園の卒業生だったらしいが、彼女は所謂〝出る杭〟だったらしい。日々の嫌がらせやプレッシャーは相当なものだったそうで、その覚悟がないなら息を潜めている方がよっぽど平和に過ごせると教えられた。

この学園での目的は、勉強だ。心を許せる友人も少ないがいる。私は別に都会で仕事がしたい訳ではないから、学園での順位なんてどうでもよかったのだ。学べることとさえ学び、及第点で卒業できればそれでいい。

エヴァンはある意味もう雲の上の存在だから、母が受けたような嫌がらせはされていないみたいだ。けれど、それでもやっかむ人はいる。エヴァンでさえそうなのに、私みたいな冴えない人間がぽんと頭一つ飛び出してしまえば何をされるか分かったものじゃない。平和が一番だ。

「お前が首席争いに参加しないから、俺はあのきゃんきゃん煩い女とパフォーマンスをする羽目になったんだぞ」

エヴァンが言っているのは、卒業式で卒業生代表がする魔法パフォーマンスのことだ。毎年、成績優秀者二名が選出されその年のオリジナルのパフォーマンスを行う。それを見る為だけにたくさんの観客も集まるので、この辺りの地域では卒業式をお祭りみたいに持ち上げるのだ。

「それは私のせいじゃないです。成績だって、きっと本気を出したところで上位争いなんてできませんでした。それに、学園一の美少女と一緒に何かするなんていいことじゃないですか」

「本気で言っているのか？」

「ごめんなさい」

さっきよりも強い口調と視線を投げつけられ、即座に謝る。怖い、本当に怖い。怒鳴ってもいないのに、エヴァンが怒るとどうしてこんなに怖いんだろう。

「でも、その、そんなに嫌です？」

エヴァンが言った〝きゃんきゃん煩い女〟とは、サラという名前の女子生徒のことだ。腰まであるピンク色のふわふわした髪にぱっちりとした水色の目、すっと通った鼻筋、女性らしい体つき。彼女がうふふ、と微笑めば大抵の男子生徒は釘付けになった。初めの内はそんな彼女をよく思わない一部の生徒が嫌がらせをしようと試みたことがあったが……倍でやり返されていた。

サラは可愛いだけでなく相当えげつない人のようで、しかもご実家がお金持ち。すぐに嫌がらせをしようとする人はいなくなり、代わりに彼女のとりまきが増えた。私たちの学年は、彼女に支配されていると言っても過言ではなかった。彼女のその日の気分や一言で授業内容が変わることだってあったし、学食が買い占められることもあった。私のような地味で平凡な生徒は、彼女とできるだけ距離をとっている者も多い。

でも、可愛いのだ。可愛ければそれでいい、という男子生徒はそれなりにおり、サラの人気は絶大だ。彼氏をとっかえひっかえしているらしいが、それでもいいらしい。気分で授業内容を変える以外は授業態度は悪くなく、成績もとても優秀なので教師たちもプライベートのことだとあまり強く言えない。彼女のご実家から学園への寄付金がすごい額なのだとか聞いたこともあるが、まあ、それはあくまで噂だ。……けれど、権力って怖い。社会の縮図を垣間見ることができたような気分で、あれはあれでいい勉強になったかもしれない。

「……嫌だ、吐き気がする」

「そ、そんなに……」

そんなサラは、エヴァンに興味を持っていた。自分になびかない男が珍しかったのだろう。そうでなくてもエヴァンはとても格好いいから、彼氏の一人に加えたいらしかった。それが、彼の逆鱗に触れ続けている。

エヴァンは元々、騒がしいのも馴れ馴れしいのも嫌いだ。何というか、縄張り意識が強い獣のような感じなのかもしれない。自分が認めてテリトリーに入れた人間以外は好きではないのだ。サラはそんなことはお構いなしにグイグイとやってくるので、彼の中の評価が嫌いから大嫌いになるのは早かった。

「えっと、えっと、ほら、クッキー焼いてきたので、これで機嫌直してください」

「……ん」

鞄からがさがさと取り出したクッキーを渡すと、エヴァンは少しだけ声のトーンを上げた。彼は私の作るお菓子が好きだ。これは自惚れなんかじゃない。

甘いものはあまり食べないエヴァンが私のお菓子だけは食べるのだから、もしかすると私にはお菓子作りの才能があるかもしれない。まあ、彼が甘いのが苦手だと知ってからはスパイス入りや甘さ控えめのものばかり作っているから、舌に合っただけかもしれないけど。そんなに嬉しそうにされるのなら、作るかいがあっていい。

「うまい」

「よかった」

さっそくクッキーをまりまりと食べるエヴァンは何となく可愛い。

この学園は全寮制だから、食事も三食全て用意されて自炊の必要はない。けれどどうしても甘味の類は後回しにされるので、それらは購買で買うか作るしかないのだ。しかし購買のお菓子は入荷しても甘味に飢えている生徒たちにすぐに買い占められるので、結局作る方が早かったり安かったりする。

必要に迫られてやっていたお菓子作りだったけれど、分量を正確に量ったり焼き時間を調節したりと魔法薬作りに共通する面もあったから意外と楽しめた。エヴァンにあげるようになって別の楽しみも増えたから、特にだった。……ああ、でももうあと五日で卒業だ。寂しくなる。

「……ねえ、エヴァン。話は変わりますが、結局貴方、入学の時に配られたガラス玉は見つかったんですか？」

ちょっとしんみりしてしまった気持ちを振り払うように話題を変えてみる。入学時に全生徒に配られたガラス玉を、エヴァンがなくしたと言っていたのがどうなったのかも気にはなっていたので丁度よかった。

「さあな」

「さあなじゃなくて、あれ、肌身離さず持ち歩いて卒業式の日にも必ず持っているようにって通知があったでしょう。どうするつもりなんです?」

「シャノンが心配することじゃない、大丈夫だ。それより、お前のを見せてくれ」

「何がどう、それよりなんですか」

「いいから」

エヴァンはたまに私のガラス玉を見たがった。ずい、と出された手は私がガラス玉を渡さない限り引っ込められないのだろう。はあ、とため息を吐いて制服の内ポケットに入れてある小袋を取り出して、それを彼の手の上にぽんと乗せた。

「いつ見ても、見事な漆黒だ」

「本当にそうですよね、真っ黒で」

小袋から出てきた私のガラス玉は、何故か真っ黒に染まっている。貰った時は透明で、綺麗に光を通していたのにいつの間にかそうなっていた。ほかの生徒たちのガラス玉も様々な色に変色していたので、きっと持ち主の魔力か何かに反応して色が変わるようになっていたのだろう。

でもなんか、黒ってなんか……。友人のガラス玉は暗いところで光ったり、燃えるような赤色だったり、穢れのない白色だったりするのに、私のガラス玉は黒。魔法使いにとって黒は悪い色ではないけれど、もう少し鮮やかな色でもよかったのにと思ったこともある。

でも、エヴァンはその真っ黒なガラス玉をすごく気に入っていて、よく見せろと言ってくるのだ。彼がすごく綺麗なものを見るように真っ黒なガラス玉を眺めるから、私も段々と自分のガラス玉を好きになることができた。

「エヴァンのも見てみたかったですけど」

「難しいな」

「きっと部屋のどこかにありますよ。卒業式まであと五日なんですから頑張って探してみてください」

「……そうだな」

私の真っ黒なガラス玉を返しながら、エヴァンは困ったように笑った。そんなに部屋が汚いのだろうか。いや、これ以上プライベートに踏み込むべきではないのかもしれない。誰にだって触れられたくない場所はあるだろう。……友人といってもエヴァンと私では住むべき場所が違う。この関係も学園の中だけのものだ。割り切るには時間がかかるかもしれないけれど、でも、そういうものだから仕方がない。

「卒業したら、どうしたいのかって話を前に聞いたよな。シャノンは今も実家に帰るつもりなのか？」

「それが、どうしようかなって……」

学園に入学する前は当たり前みたいに実家に戻って家業を継ぐものだとばかり思っていた。でも、元々母は、私に家業を継いでほしいとは考えていなかったようだ。それ自体は知っていたが、学園に入って私もようやくどうして母がそう言うのか、その意味が分かった。

私は小さな国の田舎の出身だ。田舎では、そもそも特殊な魔法薬などそうそう必要にならない。害獣はいても、強い魔法生物が襲ってくるような危険もない平和で長閑な田舎では、普通の薬より高価な魔法薬はそんなに売れないのだ。なのでうちでは、魔法を込めていない普通の風邪薬や湿布なども販売していて、どちらかというとそっちの方が売れ筋商品になっている。

たまに都市の魔法薬店よりは安いからと小売業者がまとめて買い付けに来てくれるし、それならば初めから都市で売った方がいいのだが、とはいえ、潰れる心配をする程ではない。十分にやってはいけるのだ。

「……帰らないのか。それにしては就活もしていなかったようだが？」

驚いたような呆れたような声でそう言うエヴァンに一瞬怯むが、これには訳があるのだ。

「いや、帰らないつもりもないんですけど。母が、もうちょっと都会でいろいろ見てきたらって」

祖母は住み慣れた土地から移る気がないと言っていて、私が入学する前に他界した。母も早くに亡くなった父との思い出があるからと、移住するつもりはないそうだ。でも、私にはそうする必要はないと言う。

「卒業間近でこんなに悩むとは思ってもみなかったんですよ。まあ、少し旅でもしてみようかなって」

私だって故郷に思い入れがない訳じゃない。生まれ育った場所だ。長閑で優しい場所なのだ。でも、友人と呼べる人は、もしかしたらいないかもしれない。勿論、親しい人はいる。けれど私と同じくらいの子どもはほとんどいなくて、皆大人だ。

私の故郷では、子どもが生まれると大体の家族は子どもの学校の為にと都会に引っ越すのが通例だった。戻ってくる人もいれば、そのまま都会で暮らす人もいる。私はこの全寮制の学園に入る前に通っていた初等教育校へは母が移動魔法で送り迎えをしてくれていたが、そんなことほかの人にはできないから当たり前だった。

だからなのか、少し、外の世界に興味を持ったのだ。この学園でたくさんの同年代の人と関わったからかもしれない。母も無理に戻らないでいいと言ってくれているし、一度故郷以外の土地を見て、それから将来を決めてもいいかもしれないと思ったのだ。

「……お前、意外と無計画だな」

「若い内は多少無鉄砲でもどうにかなるって、歴史学の先生も言ってたんで、どうにかなるかなぁって」

確かに、かなりの無計画だった。多分だけれど、この三年間の寮生活で無意識の内にいろんなものを抑圧してきた結果だとも思う。エヴァンに呆れられているのは理解できたけれど、卒業試験が終わってからはバックパッカーについての本を読み漁っているので多少はなんとかなる気もしているのだ。

それに、何を隠そう私の魔法の腕はそれなりである。……実戦でどこまで通用するかは分からないけど、ちょっとしたことなら大丈夫、だと思う。

「なら」

「ん?」

「なら、俺の故郷に来てみるか?」

「エヴァンの故郷、ですか?」

「そうだ、標高が高くて少し辺鄙な所だが不便はない。一人でふらふらするよりはましだろう」

「山の上に住んでたんですか」

エヴァンが自分のことを語るのは珍しい。一年生の時に生徒の一人が「君はどこの出身なんだ?」と世間話を持ちかけた時、彼が「不愉快だ。何故、お前ごときにそんなことを教えてやらなければならない?」と言って教室を凍らせたことは有名な話だった。

だから私も彼にその手の話を振ったことはなかった。こんなにもあっさりと話してくれる程度には、私たちは仲良くなれたのかもしれないと少し感動する。

「ああ。……まあ、嫌だと言っても連れて行くが」

「え、そ……ん？　いや、おかしくないです？」

「お前にもう少し計画性があれば考えたが、なさそうだからな」

「ええ……。まあ、いいですけど」

「けど、なんだ」

「何か、うん、まあ、いいですよ」

一応、都会を見てまわるつもりだったのだけれど、ほかの地域のことを勉強するのも悪いことじゃない。うん、そうだ。それに、エヴァンがそんなに辺鄙な所だと豪語するのなら、長旅になるだろう。必然的にその旅の途中でいろんな所を見られるだろうから、もしかすると一石二鳥なのかもしれない。

それに、卒業と同時に切れると思っていたエヴァンとの関係が少しでも長引く。それを一番に嬉しく思ってしまう己の俗物さにちょっとした罪悪感を覚えるが、でも本当にそうなのだ。……せめて、エヴァンには私がこんなことを思っているなんてバレないようにしなければいけない。彼はきっと、私のことを友人だと思ってくれているだろうから。

「……言ったな？」

「え？」

「行く、と言ったな。これは約定だ、違えるなよ」

「約定って……。違えるつもりはありませんけど、エヴァンってたまに大袈裟ですよね」

「そうでもないさ。じきに嫌でも分かる」

一瞬、エヴァンの瞳が光ったように見えたけれど気のせいだろう。光の具合でそう見えたのかもしれない。

「でも、じゃあ、どういう感じで行くんです？　卒業後すぐに出発するとか、数日この辺りに留まる人もいるみたいですけど」

「卒業式が終わったらすぐに出る。シャノンはどうせそう荷物はないだろうが、必要なものだけはまとめておけ」

「どうせってなんです、どうせって」

「あるのか、荷物？」

「後輩に譲ったり捨てたりして処分しましたけど……！」

確かに荷物はもう減らしてある。一応バックパッカーをしようと思っていたのだから、身軽な方が動きやすいと調子に乗って処分してしまった。私の部屋は今とても殺風景だ。

「なら貴重品だけまとめておけばいい。必要なものは向こうで揃えられるから着替えも必要ない」

「え、いやでも、途中で買い揃えるのに資金が」

「そんなことは気にしないでいい」

「え、あ、エヴァン！」

「じゃあな、準備はしておけよ」

さっと立ち上がったエヴァンはもう転移魔法でいなくなってしまった。はあ、とまたため息を吐く。

資金のことは気にしないでいい、とはつまり、多分出してくれるつもりなんだろう。彼はかなりのお金持ちであるらしい。らしい、というのはやはり彼の素性を全く知らないから不確定の情報であるということだ。

知り合って友人と呼べる関係になってから、エヴァンは何度か私にものを買ってくれている。食べ物だったり服だったり、授業では使わないけどあれば研究が進むような高価な魔導書や魔導具、魔法石だったり……。

魔導書などは一応購買で手に入れられるものだから高額といっても目が飛び出る程のものではないが、うん、学生がぽんぽんと買える値段ではなかった。いや、初めは普通に断ったのだ。高額なものはもちろん、少額のものだってそんなの貰ういわれがない。

けれど、断っても断ってもエヴァンは私が受け取るまで持ってくる。しかも断る度に不機嫌さを増して眉間に皺をくっきりと刻んでくるからかなり怖い。その上「この前のあれが駄目だったなら、これはどうだ」と更に値段の高いものを渡してこようとするので、もう折れた。

お菓子をあげるようになったのも、そのお礼の一環だ。私は自由にできるお金をそんなにたくさん持っていないので、よければ、と渡したのが始まりだった。

……もしかしたらエヴァンも、私と一緒で今まで同年代の友だちがいなかった口なのかもしれない。さっき故郷は辺鄙な所だと言っていた。だから普通は友だちにものを買い与えることはしないということも分からないのかも。

「よし……！」

これは、私がエヴァンのあのプレゼント癖を止めないといけないのだろう。彼はお金持ちらしいので余計なお世話かもしれないが、誕生日でもない友人にものを贈る義務はないのだと教えた方がいい。彼は人懐こい方ではないので騙される可能性は低いが、変な人に付きまとわれたりしたらことだ。

それから、旅の道中で私も魔法薬とか作ってお金を稼ごう。エヴァンが私にくれたものの総額は何となく分かっている。お金で返すというのも味気ないから、できれば私も何か贈り物をしよう。

……何だか、少し楽しくなってきた。卒業が寂しくて、じんわりと落ち込んでいた気分が久しぶりに浮上していくのを感じる。

「あ、お母さんに手紙を書かなくちゃ」

卒業してもすぐには帰らないと伝えてあったけれど、行く場所が決まったら教えてと言われていたのだった。善は急げだと、私もエヴァンと同様に転移魔法を使って寮の自室へ戻った。

自室に戻り母への手紙を書き終えて、封筒にしまう。あとはこれを明日郵送すればいいのだ。今更

だけれど、こんな大事なことを卒業五日前に決めるなんて変な話だと思いながら伸びをしてベッドに腰掛ける。三年間生活して見慣れた部屋は物を処分したから随分とがらんとしていて備え付けのベッドと机、あとは小さな棚があるくらいだ。

「本当に卒業かあ……」

卒業試験までは友人たちと一緒に忙しくしていたからあまり感じなかったのに、試験が終わってからはそのことをよく実感するようになった。ずっと寂しいばかりだったけれど、今は少しだけわくわくしている。だってエヴァンと旅に出るのだ、しかも目的地は彼の故郷。どんなところなんだろう、山の上って言ってたから寒かったり空気が薄かったりするんだろうか。でも、何より……。

「……エヴァンが、誘ってくれたのが嬉しい」

私たちの友情は、この学園を卒業したら自動的に終わるものだと思っていたからなおさらそう思う。少なくともこの学園の中では、私はエヴァンの特別な友だちでいられた。人とあまりかかわらない彼が、あの秘密基地で私だけとはよく話をしてくれた。一緒にご飯やおやつを食べたり勉強をしたり、誕生日もお互いに祝った。

……そういうやり取りに、ちょっとだけ恋人気分を味わってどきどきしたのは秘密だ。私とエヴァンは友だちなのだから。そんなことを考えてベッドに横たわって目を閉じながら私は何となく、彼が初めて秘密基地にやってきた日を思い出した。

エヴァンが初めて私の秘密基地にやってきたのは、一年生の後期の初め頃だった。いつものようにこんな薄暗い所に人なんてこないだろうと高を括って座り込み、鼻歌を歌いながら光の魔法で遊んでいた。

光の粒で蝶や鳥の形を作ったり宙に絵を描いてみたりするのは、小さい頃からのお気に入りの遊びだ。綺麗なだけで意味のない魔法だが、同じようなことを授業で教わった時に上手くできていたのは一握りだったので、慌ててできないふりをしなければいけなかった。魔力の使い方を学ぶのに最適だというこの遊びは、多くの生徒たちにとってつまらないと不評で練習をしようとする生徒など、むしろおかしいのではないのかと陰口を叩かれるのだ。しかし一人で遊ぶ分には誰かに文句を言われることもないので、思う存分幼少期を思い出しながら遊んでいられた。

いつものようにそうやって遊んでいると、いきなりかさりと落ち葉を踏む音が聞こえて飛び上がったのをよく覚えている。驚いて音の方向を振り返ると、そこにはもうエヴァンが立っていた。当時から彼はとにかく目立つ存在で私は一方的に彼のことを知っていたのだが、そんな彼が怪訝そうな顔で黙って私を見下ろしてくるのだ。とても困った。

『……』

『……えっと、こんにちは？』

『……こんな所で、何をしている』

『何って、きゅ、休憩です……？』

私は無駄に繊細な技術を要する光の魔法をじわりと消しながら、あはは……と乾いた笑みを顔に張り付けた。この時の私はエヴァンとまともに話したこともなく、彼のことは優秀だけれどなんとなく近寄りがたくて怖い、とまで感じていたのでひどく緊張をしていた。

『たまに』

『え？』

『お前は、たまにこの辺りで一人でいるだろう』

『そ、そうですね……。えっと、でも、この辺は別に立入禁止区域ではないですし……あの、お、お邪魔なら、すぐに退きますので……！　なんならもう近寄らないので！』

絶対に目を付けられてはいけない人だ。サラなんかよりも、もっとずっと駄目な人だ。この場にいることを咎められることなどない。けれど私はその野生の勘に従って急いで立ち上がり、スカートに付いた土や枯れ葉を払って寮に戻ろうとした。

『あの、それじゃあ！』

『待て』

『……何か？』

まずいまずいまずい。私の頭の中は、それでいっぱいだった。エヴァン自身に目を付けられるのも、エヴァンを気にしているサラやほかの学生たちに目を付けられるのも勘弁してほしい。せっかく母の忠告に従って平々凡々で、慎ましくけれど楽しく学生生活をおくっているのだ。どうやってこの場を切り抜けるべきか、私はもういっそエヴァンを睨みつける勢いで顔を強張らせていた。

『誰かにいじめられている訳ではないのか？』

『……へ』

『だから、誰かにいじめられて、ここに逃げてきているんじゃないのかと聞いている』

一瞬何を言われたのか分からなくて、けれどそのあとすぐに何とか理解をして、ぽかんと口が開いた。難しい顔をしているエヴァンは、私が誰かにいじめられているのではないかと心配をしているというのだ。正義感があるようにも学友思いにも見えない彼が、わざわざ地味で目立たない私に対してそう言うことがあまりにも意外で言葉が出なかった。

『おい、何とか言ったらどうだ』

『え、ぁ、あっ、だ、誰かにいじめられている訳ではないので大丈夫です、よ……？』

『なら何故こんな所で一人でいる。いつもつるんでいる奴らがいるだろう』

『つるんでいるって……、友だちだからとずっと一緒に行動している訳ではないです。選択授業だって違うものを取っていることだってあります』

『なら何故、本当はいじめられているんじゃないのか』

『違います。……寮生活は初めてで、というか、田舎の出身なのでこんなにたくさんの人がいる場所にまだ慣れないんです。だからたまに静かな所に行きたくて』

『嘘ではなく？』

『はい、嘘じゃないです』

初めは驚きと恐怖に支配されて上手く話せなかったけれど、このあたりから徐々に力が抜けていった。きっとエヴァンからは何の嘲りも感じなかったからだと思う。目立たないでいることはできていたけれど、それで逆に侮られたり田舎の出身だと馬鹿にされることもあった。そういうことも母からは聞いていたから、仕方がないと諦めてはいたけれどそれは勿論嬉しいことではなかった。単純かもしれないけれど、だから余計に心配をしてくれる彼に対して警戒心が解けていったのかもしれない。

『私は本当に大丈夫ですけど、エヴァンさんはどうしてここに？』

『……』

『エヴァンさん？』

『たまたまだ』

『……たまたま』

『ああ、たまたまだ。別に理由なんてない』

エヴァンは気難しげに腕を組み、指でトントンと肘のあたりを叩きながらそう言った。それではきっと、辻褄が合わない。エヴァンはさっき私に『たまにこの辺りで一人でいるだろう』と言ったのだ。つまり彼は、私がこの秘密基地にいるところを少なくとも数回は見ていることになる。その理由を追及してもよかったが、当時の私と彼はそこまでの関係性はなかったし、追及したところで得られるものはなさそうだったので黙っていることにした。ただ、

『エヴァンさんも、休憩にこの辺りを使いますか？』

と、だけ聞いてみた。当時のエヴァンはその優秀さゆえに突っかかられたり追いかけ回されたりしては怒ったり威圧したりを繰り返しており、もしかして彼もこういう静かな秘密の場所が欲しかったのかもしれないと思ったから。言ってしまってから、余計なお世話だったかもしれないだとか、友人にも教えていない場所をどうして親しくもない彼に使わせてあげようなどと思ったのだとか考えたが、結局は言ってしまったあとだからしようがないとすぐに割り切った。

私の質問にエヴァンはぱちりと一度瞬きをして、年相応に少し気の抜けた表情をした。私は、ああ、彼でもこういう顔をするのだなと妙な感動を覚えた。

『……いいのか、ここはお前の休憩場所なんだろう？』

『ああ、私が邪魔っていうなら、別の場所で休憩するようにしますので』

『何でそうなる』

エヴァンは、あからさまに眉間に皺を寄せて不機嫌さを隠さずそう言った。けれど、その表情は威

圧感があって怖いというよりかは、子どもが拗ねているようなそれに似ている。だから私は別段萎縮することもなく、普通に話を続けた。

『何でって、邪魔かなって思って』

『邪魔じゃない。邪魔だというなら、それこそ俺の方だろう』

『私も別に、貴方一人くらいなら邪魔とは思わないです。えっと、なら、これからはここで一緒に休憩します？　……あはは、なんて――』

『する』

『す』

するんだ。驚きすぎて、私はぴしりと固まった。『なんて、冗談ですよ』と続けるつもりだった音は、言葉にならないまま口の中で消えていた。

当時からとんでもなく優秀で目立っていたエヴァンと思いがけない接点ができてしまったことに焦ったが、嬉しそうにほんの少し目元を緩ませる彼に今更駄目と言うつもりもなかった。でも、守ってもらいたいことは初めにちゃんと伝えなければと顔を上げる。

『あ、あのっ、この場所は元々私のものじゃないので、好きにしてもらっていいんですけど、できればほかの人には教えてほしくなくて』

『元よりそんなつもりはないが、分かった。お前に従おう』

『……従うとかそういう必要はないんですけど、私の名前はシャノンです』

『知っているが？』

『じゃあ、お前じゃなくて、シャノンって呼んでください』

『……分かった、シャノン。俺にも敬称はいらない、エヴァンと呼べ』

『え、や、私、皆さんのこと全員、さん付けで呼んでいるので……』

『つるんでいる奴らのことは呼び捨てにしているだろう』

『つるんでるって、彼女たちは友だちで、だから……』

私の弁明をエヴァンはまた拗ねたような顔で聞いていた。これはきっと折れるしかないのだろう、私は直感的にそう理解してふうと息を吐いた。

『分かりましたよ……。ではエヴァン、これからよろしくお願いしますね』

『ああ、よろしく』

こうして、私たちの少し不思議な友情は始まった。このあとに、この友人関係は秘密にしたいとお願いしたりだとか、成績操作を止めろと言われたりだとか、喧嘩ではないにしろそのほかにもいろいろあったけれど、今になってはいい思い出だ。

楽しかった。うん、とても楽しかった。ほんのちょっとの下心が疼いて、エヴァンともっと特別な仲になれるんじゃないかなと考えたこともあったけど、それは望みすぎというものだ。彼は、一目で分かるくらい特別な人で、だから私なんかじゃ相手にならない。

ぱちりと目を開けて、ぐっと伸びをする。いらないことを考えるのは止めよう。とにかくこれからは急に決まった友情の延長を楽しむんだ。エヴァンとはあの秘密基地の外で会うことはなかったから、一緒に行動するなら彼の魔法を近くで見ることもあるだろう。何なら、この学校で見せてもらったどの魔法よりもすごいのを見せてもらえるかもしれない。卒業への寂しさが楽しみに置き換わっているのをちょっと感じながら、寝る準備をする為に立ち上がった。

2…………卒業式四日前…………

昨日の内に書いた母への手紙を購買の職員に渡し、発送してもらった。卒業間近だからなのか、購買には人が少なかった。卒業生によっては未だに部屋の片づけが終わっていない人もいたり就職先への連絡や帰る準備に忙しい人もいたりするし、在校生は来期に向けての課題が大量なので部屋から出る時間すら惜しい人もいるんだろう。かくいう私も、去年のこの時期は課題に忙殺されていたものだ。

……一年が経つのは早い。

この学園の生徒は、基本的に三年間学内で生活をする。学内には学舎、寮、大抵のものが揃う購買に、歴史や魔法学から娯楽まで網羅する巨大な図書館、食堂は複数あり、部活動などで学生が定期的に催しものをする会場まである。研究施設としての役割も兼ねている為に学ぶことには事欠かないし、息抜きの為の娯楽も少ないながら取り揃えてあるのだ。そんなふうなので皆、滅多に外出をせず、手紙の発送なんかも購買でやってくれる。長期休暇や緊急事態などで帰省する生徒も勿論いて、それは禁止されてはいない。ただ、休み期間中も特別講習などがあるので、学べるだけ学びたいという生徒は多い。カエルム魔法学園とは、世界的に見てもかなりレベルの高い学校なのだ。そこに集まる生徒も自然とレベルが高くなる。けれどその中でも、やはり上下はできてしまうものだ。

母からも「地元じゃ天才、神童などと言われていた人ばかり集まるのに上には上がいて、それに絶望してやめる人は毎年相当数いる」と、聞かされていた。その話を聞いた時、私は自分を下位の人間だと思っていた、平々凡々な類だと。でも、蓋を開ければそうではなかった。母の言っていたことは正しかったのだ。

同級生たちのほとんどは、びっくりするくらいに魔法の扱いが下手だった。カエルム魔法学園に通えるような優秀な人たちなのに、飛行魔法は三十分が限度で転移魔法も学内が精々で山の向こう側までは行けない。火の魔法で火力を間違えたり、コップ一杯の水を凍らせるのに数分かかったりする同級生たちを見て、私は祖母や母、そして自分の方が異常なのだと理解した。だって彼らが苦戦している魔法なんて、私はもう物心ついた時にはできていてそれが当たり前だったのだから。そしてその異常性を察した時に、母が何度も「出る杭は打たれる」と教えてくれていたことも一緒に思い出した。

打たれたくはない。あの気の強い母でさえ辟易したというそんな状況に陥ったら、私はきっと生きていけない。そうやって息を潜めて私は三年間を過ごしたのだ。その生活もそれなりに苦労をしたしこれが本当に最善だったのかも分からないが、それもあと四日で終わるのだと思うとかなり感慨深い。

「あー！　こんにちは、シャノンちゃん！」

やっぱり少ししんみりしながら廊下を歩いていると、後ろから甲高い声が私の背中に投げつけられた。思わず背中がびくりと震える。しかしそのままでいることもできない。私はそっと後ろを向いた。

「こんにちは、サラさん」

害のない笑みを心掛けてにこりと笑うが、心臓はばくばくと鳴っている。私に声をかけてきたのは、あのサラだ。珍しくとりまきはいないようで一人だった。

「何してたのー、お買い物？　もう卒業で寮の部屋空けなきゃなんだから、買い込んじゃだめだよ。シャノンちゃんってぼうっとしてるからアタシ心配だなっ」

「ありがとうございます、気を付けますね」

「うんうん、そうした方がいいよぉ」

何故こんなにも馴れ馴れしく話しかけられるのだろう。どうして自分が上に位置していると信じられるのだろう。まあ、サラを取り巻く環境がそうさせているのかもしれないけれど、実を言うと彼女の実力は私から見ればそうでもない。

しかも本当は、サラの魔力を凌駕できる生徒はほかにも複数いるのだ。しかしサラとやり合うのが面倒で放っている状態で、彼女はそれを理解していない。そもそもだけれど実力云々に限らず、本来この学園に通っている生徒としては皆同列なのだが、彼女はきっとそれも分かってはいない。

……多分、サラはこの学園を出たあとの方が苦労をする。何でも、有名な魔法協会に就職が決まっているらしいが、まずその鼻っ柱を折られるだろう。そしてそれを自業自得だと笑っている人は僅かだが既にいるのだ。

私は笑いはしない。いい子ぶりたいとか可哀想に思っているとかそういうことではなく、ただただサラに対してそこまでの関心がないのだ。よくも悪くも目立つ彼女の情報は耳に入ってくるので知ってはいるけれど、それ以上の興味はない。

ただその話は一旦置いておいて、今すぐ解放してほしい。サラと話すのは心臓に悪いのだ。彼女を慕っている派と嫌っている派、どちらに目を付けられても厄介だった。しかし彼女は自分が話したい時に好きに喋るし、それを遮る人を許さない。予定があると言って彼女の話を断れるのは、それこそエヴァンくらいだ。ほかの人がそれをしてしまえば、一気にやり玉にあげられて面倒なことこの上ない。

「ねえねえ、シャノンちゃんってさ、あのガラス玉真っ黒になったって聞いたんだけど本当？」

「え、ええ、そうです。真っ黒であんまり綺麗じゃなくて」

これは、嘘だ。確かに初めは色が気に入らなかったけど、私のガラス玉は真っ黒でピカピカで綺麗だ。エヴァンだって褒めてくれているのだから。でも、本当のことを言って興味を持たれたら困る。さすがに欲しいなんて言われはしないだろうけれど、サラとは極力関わり合いになりたくないのだ。

「えー！　かわいそうー！　でも大丈夫だよ、この学園に通えただけで一般人にとっては快挙なんだから。私みたいにすっごく有名な魔法協会は難しいかもしれないけど、下っ端でいいならきっとどこでも雇ってもらえるから元気出してね！」

小首を傾げながら微笑むサラは愛らしい。でもその目の中には嘲りが透けて見えた。私は引きつる頬を叱咤して、にこりと微笑み返す。

「ありがとうございます……」

「じゃあねえ、ばいばーい！」

それだけ言うと、サラは廊下をパタパタと走っていった。……疲れた。たったあれだけしか話さなかったのに、とんでもなく疲れた。卒業はやっぱり寂しいけれど、彼女と離れられるのなら悪いことじゃないかもしれない。

「何しようとしてたんでしたっけ……？」

ぽつりと零れた独り言にハッとして私は学内のカフェテリアに急いだ。手紙を出したあとは、カフェテリアで友人と待ち合わせているのだった。

卒業まであと四日になると、もう講義はない。三年生たちは最後のこの期間を図書館に籠ったり、最後まで就活をしていたり、地元に戻る準備をしていたりと忙しくしている。私は魔法協会や組合、学校に就職するつもりがなかったからのんびりしているが、皆本当に大変そうだった。

そんな大変な時期に時間を作ってくれた友人を待たせてはいけない。転移魔法を使ってもいいのだけれど、人の多い場所でこの魔法を使うのはマナーとしてよくないのだ。足を使うのも大事だと言う講師もいて、転移魔法をたくさん使っているのを見られると成績にも関わるから生徒にとっては死活問題だった。もう卒業するとはいえ、最後の最後でお説教なんてされたくない。私は一生懸命に足を動かした。

――

「遅れてごめんなさい、ヴァイオレッタ」

テーブルに駆け寄ると、ヴァイオレッタはにこりと優雅に微笑んだ。彼女は貴族ではないけれど、ある国の由緒ある魔法使いの家柄の出身で所作の一つ一つが美しい。胸まである癖のない淡い青銀の髪と澄んだ緑色の瞳が特徴的な、綺麗な人だ。

「大丈夫よ、シャノン。私も今来たところだから」

カフェテリアに着いた時、約束の時間からはもう十分以上経っていた。サラに捕まったとはいえ、もっと余裕を持って動いておけばこんなことにはならなかったのだ。友人であるヴァイオレッタは約束に遅れるような人ではないから、今来たなんてことはあり得ない。

「本当にごめんなさい、ここは奢ります」

「いいのに。でも、そう言ってくれるなら甘えちゃおうかしら？」

「是非、そうしてください」

息を吐いて、席に着く。カフェテリアの奥側にある横並びの二人席は恋人同士に人気だが、女子同士でもよく使われる。ちょっとした秘密の話や恋バナ、あと他人の目を気にしないで好きなものを友人同士で食べられるからだ。

カフェテリアの職員がすぐに注文を取りに来てくれたので、私はとりあえずアイスコーヒーを注文する。自業自得だが、急いだので喉が渇いて仕方がなかった。すぐに届けられたアイスコーヒーを一口含み、ほっとする。それをヴァイオレッタは不思議そうな顔で見ていた。

「何か、今更なんだけど、シャノンがコーヒー飲むのやっぱり違和感があるわ」

「初めからこうなんですから、慣れてください」

「そうなんだけどさ……」

そういうヴァイオレッタは甘いミルクティーを飲んでいる。私だって甘いものは好きだ。けど、ブラックコーヒーも好き。ただそれだけなのだから。外見の雰囲気に合わないと複数の人の言われたことがあるのでそういうものなのかと思ったけれど、外見に趣向を合わせていくのも変な話なので特に気にしてもいない。

「それで、ヴァイオレッタ。話って?」

「……うん」

ヴァイオレッタはそっと、耳に髪をかけた。これは彼女の癖だ。疲れている時や精神的に辛い時、言いづらいことがある時もそうだが、こういう仕草をする。そんな癖が分かる程度には、私たちはこの三年間で友情を育んだのだ。

ゆっくり息を吸ってそしてそれを吐いたヴァイオレッタは、無理矢理に笑顔にした顔をぱっとこちらに向けた。

「わたし、やっぱり地元の魔法組合に入ることになっちゃったの」

そう言って、下を向いてしまったヴァイオレッタは唇をぐっと噛んだ。私は咄嗟に言葉が出なかった。だって彼女はご両親との折り合いが悪く「地元には帰らない、その為に勉強しているの」と言って憚らなかったのだ。二ヶ月前には故郷とは別の国にある魔法学校で講師の助手になることが決まっていた筈だった。

私は口を開きかけて、一旦止めた。どうして、なんで、魔法学校の仕事はどうするの。そんな言葉はきっともう意味をなさない。聞いたところで、もうどうしようもないのだとヴァイオレッタの表情がそれを物語っていた。

「そっか……」

「うん、あのね、魔法学校の就職試験、シャノンは応援してくれたのになんか、ごめんって思って。だから」

「私のことはいいんです。……ヴァイオレッタ、私に何かできることはありますか？」

「……ありがとう。本当にありがとう、シャノン。ほかの友だちには言えなかったけど、貴女はきっと何も聞かないでくれるって、思って」

「ヴァイオレッタ……」

「詳しくは、言いたくないんだけどね。親がいろいろやっていたみたいでわたしも本当は、悔しくて……っ。でも、どうしようもなくって……!」

ヴァイオレッタの言葉はどれも苦しげで端的だった。しかしその短い説明だけでも、何となくの推察ができてしまう。おそらくヴァイオレッタの両親は彼女の就職先を潰し、その上で帰ってくるように命じたのだろう。私はヴァイオレッタの両親に直接会ったことはないが、彼女から聞いていた話を思い出せばそのくらいのことは平然とやってのけそうな人たちだった。

「うん」

どうにかしてあげたい。でも、きっとどうしてあげることもできない。その事実があんまりにも辛くて、ヴァイオレッタの背中を撫でながら私も一緒に泣いてしまった。一番辛いのは彼女なのに、私まで泣いたらどうしようもないのにどうしても涙が止まらなかった。

カフェテリアだったけれど、奥の席でよかった。ここはあんまり他人の目に映らないから、二人して泣いていても誰にも見咎められることはなかった。

「……話を、聞いてくれてありがとう、シャノン。ねえ卒業しても、わたしたち、友だちよね?」

「当たり前です。……必ず手紙を書きますね」

「ふふ、本当? 待ってるわ。絶対書いてね、約束よ?」

「はい」

「……シャノン、貴女は変わらないでいてね。今のまま、そのままのシャノンでいて。貴女がのんびり暮らしていてくれたら、それがわたしの希望だから」

「え……？」

よく分からなくてヴァイオレッタを見るけれど、彼女は少し赤くなってしまった目元を擦りながら照れたように笑っていた。

「変なことを言ってごめんなさい。わたし、実はずっと貴女のことが羨ましかったの。シャノンにも、シャノンの悩みがあるって知っていたのに……」

「……」

「家族と仲がよくって、それなのに戻ってこなくてもいいって言ってもらえる環境で。……できるだけでいいから、卒業してもそのままの貴女でいてほしいの。そんな人生もあるんだって」

「ヴァイオレッタ……」

無理矢理に笑ったヴァイオレッタは様々なことを諦めたようでもあったけれど、瞳の中に苛烈な気性を隠していた。そうだ、彼女はこういう人だ。今はどうしようもなくて故郷に帰らざるを得ないのかもしれないけど、きっとまだ彼女は全てを諦めてはいない。彼女は強く、美しい人だ。いろんな思いを込めて、私は小さく頷いた。

「私は、私です。それが変わることはありません」

「……本当に、変なことを言ってごめんね。ありがとう、シャノン」

そう言ったヴァイオレッタはもう、卒業後の話をしなかった。これまでの思い出話をしたり、卒業式の後にあるパーティーにどんなドレスを着ていくのかを二人で話した。彼女の故郷に訪ねたところで、きっともうこんなふうに話すこともできないのだろう。でも、後悔がないように楽しい話ばかりをした。まだ卒業まではあと、四日ある。それまでは二人とも泣かないようにと約束をした。


――


卒業の準備があると言うヴァイオレッタと別れて、私はまた廊下を歩いていた。正直、特に目的もなく歩いている。この時期はほかの友人も後輩も皆忙しくしているから、誰かと会う約束もしていない。図書館に行く気分ではないし、中央広場でのんびりと風に当たりたい訳でもない。でも、何となくまだ寮に帰りたくないのだ。まだ一人になりたくない。

ふう、とため息を吐きつつ、顔を上げるとそのタイミングでエヴァンが角を曲がってくるのが見えた。私は慌てて知らないふりをして、そっと目線を下げる。この友情を知られたら厄介なのでどうしても内緒にしてほしいと頼んだから、私たちは廊下で会っても挨拶や立ち話をしない。お互いに興味などありません、という顔をして通り過ぎる。それが学舎内での取り決めだった。

しかし、何故だろう。今日は視線を感じる。これはエヴァンの視線だ。彼のプレッシャーを私が問違える筈がない。けれど彼を見ることはできない。気にしすぎかもしれないが、どこで誰に見られているかなんて分かったものじゃないのだから。最後の最後でへまをしたくはなかった。

目線を下げたままで、エヴァンとすれ違う。大丈夫、何もない。いつも通りの筈――。

「今すぐに森へ来い」

ひえ、と肩が震えた。声は辛うじて漏れなかったが、何とも恐ろしい声だった。エヴァンは私とすれ違うその時に、小さく低い声で「森へ来い」と命じたのだ。

さすがに驚いて顔を上げてしまったが、その時にはもうエヴァンは転移魔法を使っていてその場にはいなくなっていた。……なにあれ、すごく怖い。しかし行かなかったら行かなかったで、怖そうだ。

私は急いで人気のない所まで行き、転移魔法でいつもの森に向かった。


――


ふ、と体が浮く感覚がなくなり、地に足が着く。森はいつも通りに真っ暗で、人の気配はなさそうだ。でもおかしい。さっきエヴァンは私に「森へ来い」と言って転移魔法を使っていたから、既に森にいるものだと思っていたのに森が暗いまま。まあ、いいか、と魔法で光を灯す。

「え⁉　きゃあ、エヴァンいたんですか⁉」

いないとばかり思っていたエヴァンは、光を灯すとその姿を見せた。見せた、というか、元々そこにいたのだろう。

「当たり前だ。お前より先に魔法を使っていたところを見ていただろうが」

「それはそうですけど、じゃあ真っ暗なままにしないでくださいよ。せめて明かりを灯してください」

「……」

「な、何ですか？　何か嫌なことでもありました？」

「こっちの台詞だな。誰に、何をされた？」

「んえ？」

返事がかなり気の抜けた音になってしまったのは、エヴァンが私の顎をがっと掴んだせいだ。昔に近所の人が犬のしつけ中にその子の顎を下から掴んでいたような感じと似ている。……それよりも、え？　何の話？

「何故、目が赤い。誰に何をされた」

「こわ……」

「怖い？　安心しろ、そいつのことは俺が責任を持って灰にしてくれる！」

だから、何の話⁉　私は眉間の皺を濃くするエヴァンの腕をどうにか振り払って、彼の目を見た。

「何の話です？　私は何もされてませんし、冗談でも灰にするなんて物騒なことを言ってはいけません！」

「じゃあ、何で泣いた痕がある!?」

「そ、それは、その……」

何故泣いたかなんて、少し、いや大分言いづらい。しかし、ここでようやく気づいた。エヴァンは私が誰かに泣かされたと思って怒ってくれているのだ。自分の察しの悪さをちょっと反省しつつ、彼に向き合う。

「もうすぐ卒業だから寂しいねって、友だちと話を……」

「ヴァイオレッタか」

「待って待って待って！　どこに行くつもりなんですか!?」

話が終わる前にエヴァンが私と距離をとって転移魔法を使おうとしたので、思い切り腕にしがみつく。

エヴァンとヴァイオレッタは仲がいい訳ではないが、知り合いだ。二人とも成績優秀者なので、サラが受講していない授業でペアを組んでいたこともあったらしい。私はヴァイオレッタからその話を聞いているし、エヴァンも珍しく「ペアでの授業がスムーズにいった」と喜んでいた。その話の流れでエヴァンは私とヴァイオレッタが親しくしていることを知っているが、私はヴァイオレッタにはエヴァンのことを言っていないから彼女は私たちの関係なんて知らない。

何でそんなに怒っているのか分からないがそもそもが勘違いだし、ヴァイオレッタにいい迷惑だし、彼女からしたら何でエヴァンが文句を言いに来るのかも訳が分からないだろう。絶対に止めなければならない。

「誤解です！　ヴァイオレッタが私に何かする訳がないでしょう⁉　落ち着いてください！」

「……では、何で泣いていたのかを教えろ」

「それは……。ヴァイオレッタの個人的な話なので、教えることはできません」

ヴァイオレッタの話はとてもプライベートなことだ。彼女はきっとそれを私だからと話してくれた。だから、エヴァンであっても話すことはできない。ただ彼はこのままでは本当に彼女の所まで行ってしまいそうだ。うう、と唸りながら私は一生懸命に言葉を選んだ。

「でも、そうですね。この世の不条理というか不平等とか、そういうどうしようもないことが悲しかったんです。あと、自分がいかに恵まれているのかも思い知りました。ただそれだけなんです」

「……何を以て恵まれているとするのかは人によって違うだろう。俺としては、シャノンがあの煩い女を気にすることなく、のびのびと実力を出せるくらいには恵まれていてほしかったがな」

「それはまたちょっと違う話なんじゃ……？」

「一緒だ。あの女は自分の親の金と地位を自分のものだと勘違いしているが、それを生徒だけでなく教員までもが受け入れている。この三年間は本当に異常だった」

呆れたようにそう話すエヴァンの体から力が抜けているのを感じたので、そろりと腕を放してほっと息を吐く。とりあえずヴァイオレッタの嫌疑は晴れたようで、話題が変わったことに安心したのだ。

「本当に、誰にも何もされていないいんだな？」

「大丈夫です。それに私だって子どもじゃないんだし、ちゃんと自分で対応できます」

「……」

「何です？」

「……頼りない」

「何ですって？　何ですって!?」

顔を背けられてぼそりと言われたその台詞は、どうしても聞き捨てならなかった。エヴァンはたまに私のことを小さい子どもか何かと勘違いしているような言動をすることがあるが、これはいけない。

ずいずいと詰め寄るが、何故か彼は笑いだしてしまった。

「く、はは！　そうだ、その意気だ。シャノンがいつもそうやっていられたなら、俺も安心できるんだが」

「……知らない人には無理です」

「知らない人とは誰のことを言っている？」

「友だちじゃない人……」

「はあ」

「これ見よがしにため息吐かないでください！」

「はあーあ」

「エヴァンったら！」

「……っく」

「笑うのも駄目です！」

「は、はは！」

大口で笑うエヴァンはそれでも顔が崩れずに美しいままだ。何となくいろいろと悔しい。と、悠長にそんなことを考えていたのだけれど、そういえば距離が近いことに今気が付いてしまった。意識をしすぎなのだろうけれど、かっと頬が熱くなる。

「どうした？」

「い、いえ、ちょっと近づきすぎたなって。すみません、どきますね。え、きゃ！」

足を後ろにやろうとした時に、ぐいと引っ張られてエヴァンにぶつかってしまい、何故かそのまま抱きしめられる。慌てて離れようとしてもがっしりと抱き込まれているので動けなかった。

「ちょっと、エヴァン！」

「別にいいだろう、近くても」

「そ……っ、いや、でも、は、恥ずかしいので！」

「慣れろ」

「え、えぇー？」

どうしてハグされているのか分からないけど、エヴァンは楽しそうで放してくれる気配がない。まあ、うん。嫌じゃないし、別に。……ちょっとくらいなら。

放してくれないエヴァンが悪いのだしと謎の言い訳をしながら、私はそっと頬を彼の肩あたりに寄せた。

「シャノン、あと四日、あの漆黒のガラス玉を絶対に肌身離さず持っていてくれ」

「え？　ええ、それは別にいつものことですから……」

「約束だ。あと四日、必ずだぞ」

「分かりました」

エヴァンはやっぱり、私の黒いガラス玉が好きみたいだ。サラが私のガラス玉に興味を持たないで本当によかった。速まる鼓動を無視しつつ、私はもう開き直って彼に少しもたれながら制服の内ポケットをそっと押さえた。

「で、何があった？」

「だから内緒ですったら！」

「ちっ」

「舌打ちしないんですよ」

「前例があるだろう」

前例……？　この場合は、どうだろう。私が泣いたとか、そういうことなのだろうか。地味に静かに生きてきた私だからトラブルなんてそうそうなかったし、あってもそれはエヴァンと友だちになる前に大体終わらせた筈で……。あ。

「もしかして一年生の時の、あの先生の話をしてるんですか？」

「それしかないだろう」

「しつこいんですよ！」

「馬鹿を言え、俺は一生言い続けるからな」

「本っ当にしつこいー！」

私は腕をぐーっと伸ばしてエヴァンから離れた。やれやれといった体なのが少し腹立たしいが、離れられたのでよしとしよう。

「もうっ、あれには感謝してますけど、もう終わった話じゃないですか」

「終わったが、俺は言い続けるぞ。そもそもシャノンが成績操作なんてしていなければ回避できたことではあったんだ」

「その話ももう何回もしたでしょう？」

「……あの時は肝が冷えた、今もだ」

う、と、言葉に詰まった。エヴァンは口をとがらせながらこちらを見ている。彼は私を心配してくれているのだ、それは分かっている。

エヴァンの言うあの時とは、一年生の後期の中頃にあった魔法薬学の先生と私を含めた複数の生徒とのトラブルの件だ。トラブルというか、スクールハラスメントというか。当時の魔法薬学の先生は、あからさまに依怙贔屓をする人だった。自身の教科で高い点数を出せる生徒には優しく、そして低い点数しか取れない生徒には厳しい。教職員といっても人なので好き嫌いはあるだろうし、ほかの先生だって多かれ少なかれ目をかけている生徒とそうでない生徒の違いはあるだろう。

ただあの日の授業中、魔法薬学の先生は虫の居所が悪かったのか、私を含め平均点程度の生徒に向かってこう言い放った。

『平均値か。上を目指すでもなく下に落ちるでもなく、君たちみたいなのが面白味さえ欠けていて一番に目障りだな』

その言葉を聞いて、私はぽかんとしてしまった。大人というものを美化していないつもりだったけれど、こんなことを面と向かって言う人がいるのかと初めは信じられなかった。ほかの子も同じようにぽかんとしていたが、そういう私たちを見たほかの生徒たちが笑い出して馬鹿にするような野次を投げ始めたのだ。良くも悪くも平均点を取るような生徒は平々凡々な人が多く、多少やんちゃな下位の人や自分たちが秀でていると自信に満ちている上位の人に言い返せないでいた。

そうやって私たちがやり玉にあげられているのを、魔法薬学の先生はニヤニヤとしながら見ていた。常識と良識を持つ生徒たちが『お前ら、止めろよ』と怒鳴っても、むしろそれを止めたくらいだったのだ。その異常な空気の中で、私はもう今日は授業は進まないなと教科書を閉じた。その瞬間、

『いい加減にしろ、屑が。面白味に欠けていて目障りなのは貴様だ』

という声と共に、息がしづらくなるくらいの魔力が教室に充満した。ほとんどの生徒はその魔力に圧倒されて固まり、魔法薬学の先生は教卓に倒れ込んだ。その魔力の出所は、エヴァンだ。そのあまりの強大な魔力に隣で授業をしていた歴史学の先生が飛び込んできて、エヴァンと魔法薬学の先生を連れて行きその日は終わった。

エヴァンが問題にしているのは、きっとそのあとのことだ。歴史学の先生に連れて行かれたあとのエヴァンの動向が分からず、私はずっと秘密基地で彼を待っていた。けれど、彼は現れなかった。結局、彼が秘密基地にやってきたのはあのトラブルの翌々日で、私は堪え切れずに彼の前で泣いてしまったのだ。

『な、何で、泣くんだ。奴は教職を辞めることになったから、もうお前を侮辱する奴はいなくなったんだぞ？』

やっぱりそうだったと確信して、私は更に泣いた。エヴァンはとても困っていたけど、私が心配し

た分くらいは困ればいいのだと思った。

『私の為に怒ったんでしょう！　貴方が言われたことじゃないのに、あんなの放っておけばいいのに！』

エヴァンは友人である私の為に怒り、そしてあんなことをしでかしたのだ。彼が本気を出せば、世界有数の魔法学校の教師でさえその強力な魔力の前に屈するほかないらしい。しかしこれはかなりの危険行為だ。気分が悪くなるくらいならまだマシ、魔力に耐えられず倒れてしまったり最悪死に至ってもおかしくはない。力ある者が自身より弱い者を威圧し虐げるなんて忌諱されるのは当たり前で、魔法使いの中では暴力と同意とされているし禁忌ともされている。

そんなことをしてしまったエヴァンが、もしかしたら退学になってしまうのではないかとずっと心配だった。それなのにそんな私の前で、誇らしげに魔法薬学の先生が退職することになったと教えてくれる様子には何の後悔も躊躇も感じられなかったのだ。私の為に怒ってくれたのは嬉しくて、でも悲しかった。私たちは友人だけれど、それでも私の為にあんな騒動を起こさないでほしかった。私のことなど気にせずに、もっと自分のことを優先していてほしかった。

泣きながらそう言う私を、エヴァンは狼狽えながらも慰めてくれた。後々考えたら、せっかく助けてくれたのにお礼も言わないで彼を詰るなんて恩知らずにも程がある。けれど彼は文句も言わず慰めてくれた。このトラブルの件は、最後に泣いてしまって慰めてもらったところまでを含めてきちんと感謝はしているのだ。

……ただ、これがあってからというもの、エヴァンは度々『いじめられていないか』とか『泣かされていないだろうな』と聞いてくるようになった。『過保護です』と言っても聞いてはくれない。大体あの時のは、あのスクハラ教師のせいではなく、彼を心配して思わず泣いてしまったのであっていじめられて泣いた訳でもない。

ああ、ちなみに当時の魔法薬学の先生はそもそものトラブルの原因が原因である上に、一生徒の魔力威圧で倒れこむようなレベルの魔力しかないのかと同僚たちに問い詰められ、自主退職したらしい。元々評判のよくない先生だったので、同僚の中にも彼を擁護する人はおらず、早々に新しい先生が赴任した。カエルム魔法学園の教師は人気職で倍率も高く、代わりなんていくらでもいるようだった。

まあ話を戻すと、この一件があってからエヴァンは少し過保護なのだ。同級生への対応とは思えないのだけれど、原因が分かっているので強くも出れない。

「とにかく、今日泣いたのは事実ですけど、その内容をエヴァンに話すことはできません。それからヴァイオレッタにも非はありません。……悲しいことがあったのも事実ですが、今は話せません」

「時が来れば話すと？」

「……そうですね。卒業をしてしまったら確定事項にはなるから、起こってしまったことだけなら話せます」

「はあ、仕方がない、もうそれでいい」

「仕方がないってなんです、仕方がないって」

「シャノンは意外なところで頑固さを発揮するから仕方がないってことだ」

「言いたいことはありますが、納得してくれたのならもうそれでいいです」

「おい、もうそれでいいとはなんだ、それでいいとは」

「あっ、何するんですか！」

　エヴァンは自分だって仕方がないと言ってきた癖に、私がそれでいいと言うのは気に食わなかったらしい。痛くはないがむにりと頬をつままれたので、私もお返しに彼の鼻をつまんでやった。私たちはしばらくその状態で睨み合い、堪え切れずに吹き出してしまった。

3…………卒業式三日前と二日前…………

部屋を掃除して本を読んで卒業式の手順を確認までしても、どうしても時間が余る。だってもう卒業の準備は終わっているのだ。なんだったら卒業式が明日に変更になったと通達があっても私は問題ない。あんまりにも暇で今まで授業を受けていた時間がいかに長かったのかを思い知るけれど、だからといってどうすることもできなかった。

寮でのヴァイオレッタは、もう昨日泣いたことなんて覚えていないかのように振る舞っていた。彼女は元来快活な人だ。無理をしているのかもしれないけれど、から元気が必要な時もあるだろうと特に触れないでおいた。……この判断が正しいのか分からない。彼女に寄り添って慰めるべきなのかもしれないとも考えたけれど、それを彼女が望んでいるようには思えなかったから。

「……」

そっと、ガラス玉の入った小袋を取り出して、そのまま無言で内ポケットに戻す。駄目だ。小さな部屋で一人ぼんやりしていると、暇なのと卒業への喪失感でどうにかなってしまう。

私はよいしょと立ち上がり、暇つぶし用の小さな文庫本を制服のポケットに詰め込んで転移魔法を使った。

――――

ふ、と森に降り立つと昨日とは違って明かりが点いている。おかしい、この時間にこの場所にいてはいけない人がいる。

「エヴァン、貴方今日、卒業式のパフォーマンスの練習なんじゃ……」

「サボった」

「ええ……？」

練習でいない筈のエヴァンが、木のベンチでごろりと寝転がっていた。彼がサボったということは、相方であるサラは今一人で練習をしているということだろうか。

「大体そう何度も練習が必要なものじゃない。俺が炎を巻き上げて、奴がその周りに光を纏わせるだけの子ども騙しだ」

「……彼女、それが難しいって言ってましたよ？」

サラは今日も早くからエヴァンとの練習を自慢しつつ「あれ本当に難しいの。でも、アタシ以外にできる人なんていないだろうし、頑張るから応援してね！」と声高に囀っていた。女子寮内の談話室で話していたのだろうが、私は部屋にいたのによく聞こえた。つまり、とても煩かった。むしろ今日は彼女の声で目が覚めた。

「それはそうだろう。あの女は魔法を操るのが全般的に下手だ」

「そこまででは」

「あるだろう。あの程度を難しいと言って憚らないのだから、笑いを堪える方が大変なくらいだ」

エヴァンにそう言われてしまえば、もう誰も何も言えないだろう。エヴァンは規格外なのだ。

……ただエヴァンの言う通り、サラは繊細な魔法を使うのは苦手だ。生徒の中でも魔力は多い方なのは確かなのだけれど、その制御が大雑把でよく備品を壊していた。彼女はそれを「皆みたいに魔力が少なくないから大変なの……。皆は魔力が少なくて羨ましいなっ」と言って訓練もろくにしていなかったけれど、それを陰で馬鹿にされているのには気が付いていないらしい。

「まあ、ね、ほら。あんまり言っては可哀想ですから」

「可哀想なのはあれに付き合わされている俺だ」

「えっと……。遅れてもいいからちょっとだけでも行ってみたりとか」

「しない」

「そうですよね……」

実際、炎柱に光を纏わせるくらいなら難しくともやれる生徒は多いだろう。光を灯す魔法は基本中の基本で、だからこそその応用には繊細な操作が求められる。しかしこの学園に三年間も通っておいて、それが難しいと公言する生徒は少ないだろう。問題は魔法の継続時間だが、これに関してもサラと同等かそれ以上の生徒はいる。そしてそれは教師陣も知っている。では何故彼女が選ばれたのかだが、ほかの成績優秀者が軒並みパフォーマンスを断ったからだ。

　ほかの生徒らは就職への準備が忙しいなどともっともらしい理由を付けて、パフォーマンスを断った。サラがやりたがっていたことを知っていたからだ。最後の最後で煩わしいことに巻き込まれたい人はいない。教師陣もそれは知っていたが、学外から多くの人がやってくる卒業式だからできれば本当に実力のある生徒にパフォーマンスをしてほしかったらしい。なので、断られるのは承知の上で一応ほかの生徒にも声をかけたそうだ。以上の事情は、ほとんど強制的にパフォーマンスをやらされることになったエヴァンがイライラしながら教えてくれた。

「この学園にもまともな奴はいるのに、大体はあの女を恐れている。人間は面倒なことばかり考えるどうしようもない生き物だ」

「えっと、ごめんなさい……？」

「シャノンのことじゃない。お前は恐れているというよりは、面倒から逃げているだけだろう」

「……まあ」

「面倒ごとを回避するのは、悪いことじゃない」

　ちょっとした謎理論だけれど、どうやら私は許されたらしい。学生時代最後に喧嘩なんてしたくなかったから、よかった。ふうと息を吐く私を、エヴァンが指で呼ぶ。

「シャノン、膝」

「膝って」

「ベンチが硬い。膝」

横柄にそう言い放つエヴァンに少し呆れつつ、寝転んでいる彼に近づく。さっきの謎理論のように彼は私を結構優遇してくれているけれど、多分私だってそうなのだ。彼のこの横柄さを許していいと思ってしまうくらいには、私の中で彼は特別だ。

「はい、じゃあちょっとどいてください」

「ん」

「どうぞ」

「ん」

木のベンチの端に座ると、エヴァンは私の膝に頭を置いた。そのまま彼は目を瞑り昼寝を始めるので、私はいつも本を読んだり編み物をしたり簡単な魔法の練習をしながらぼうっとする。さっきとは違って一人ではないから、どことなく不安な気持ちもなく落ち着くことができた。

……ちょっと言い訳をさせてほしい。いや、誰に言うでもないのだけれど。これは、ちょっとした冗談から始まったことなのだ。木のベンチで寝転ぶエヴァンに、私が「首とか痛くないんですか、膝を貸しましょうか?」なんて言ってしまったのだけれど、普通本気じゃないって分かるでしょう?普通、「じゃあ貸せ」なんて言われると思わないでしょう?

言った手前「やっぱり嫌です」なんて言えなくて、そのまま膝枕をしたのだけれどエヴァンはどうやらこれが気に入ってしまったらしい。昼寝をする時はいつも必ず「貸せ」と言われるようになって、気づけばもう慣れていた。

「……ううん」

けれど、そう。たまに考えることがある。これは、もしかしなくても変なことなんじゃないかって。私とエヴァンはいわゆる〝お付き合い〟なんてものはしていない。我々は友だちなのだ。友だち同士で、膝の貸し借りってするんだろうか。いやでも、女子同士ならするんだよね。寮の部屋を友だち同士で行き来して、パジャマパーティーをしたのは楽しかった。

ただ私たちはやっぱり異性だし、この学園を卒業と同時に世間でも成人って認められるし、こういうのはそろそろ止めた方が……。でも昨日、ハグされた時に「慣れろ」って言われたし、もしかするとエヴァンの故郷ではこういうスキンシップは普通なのかもしれない。

……じゃあ、まあいいか！

考えることが面倒になった私は、自分に都合のいい解釈をしてポケットに入れていた小さな文庫本を取り出した。エヴァンは一度寝ると暫く起きないから、暇つぶしは大事だ。何度も読み返したその本をぱらりと捲ると、いつものようにそよそよと風が吹く。エヴァンの髪がサラサラと流れてそれが綺麗で、安心したようにすうすうと寝息を立てる横顔も可愛くて、だから私は彼に膝枕をするのが嫌いになれないのだ。

しかし本を読んでいると、時間が過ぎるのが早くていけない。この文庫本は凄腕だけれど生活能力のないちょっと駄目な魔法薬師が主人公の冒険小説で、ストーリーも勿論だがその中に出てくる魔法薬の調合が本格的で面白いのだ。長くシリーズが続いている本で子どもの頃からあるから、私の魔法薬への興味の始まりは母や祖母ではなくこの本かもしれなかった。もうちょっともうちょっとと読み進めていると、今回も最後まで読んでしまった。……最後まで？

ぱっと本から顔を上げると、下からの視線を感じる。

「……お、起きてたなら、言ってくださいよ」

「毎回毎回飽きないものだなと思ってな」

「だって、ここは魔法で灯りの調節してるから時間が分からなくなるんですよ」

「それも毎回同じことを言うな」

「うぅ……。そろそろどいてください、脚が痺れました」

「まったく……」

膝枕をしてもらった側の癖に、エヴァンは呆れたような顔をそのままで起き上がった。まあ、その、本に夢中になって時間を忘れてしまう私も悪いかもしれないけれど、それでもちょっとあれだと思う。私の脚の感覚がなくなるくらいまで、私の膝でゆっくりと寝ていた癖に。

そんな私の恨めしい表情を読み取ったのか、エヴァンはさっと回復魔法をかけてくれた。回復魔法なんて難しくて魔力も大量に使う魔法をさらっと使うところが、彼らしい。

「これでもう痺れていないな？」

「……大丈夫です。じゃあ、私はそろそろ寮に帰りますね」

「もうか？」

「もうって、晩ご飯の時間じゃないですか」

「……」

「どうしたんですか、エヴァン？」

「一緒に食べに行かないか」

「え、無理です。……あっ」

反射的にそう答えてしまった私を、エヴァンがじとりと睨みつけてきた。そのいじけたような表情に焦ってしまい、無意味に手をぱたぱたと振ってしまう。

「あの、ごめんなさい。でも、そんな顔しないでくださいよ。いつものことじゃないですか」

「学園での生活も、もうあと三日だけなんだぞ」

「それはそうですけど、ほら、卒業したら一緒に食べることも増える訳ですし、別に急がないでも……ね？」

「……なら、ここで食べるのは？」

「ここでなら、まあ……」

学内の食堂やカフェテリアで一緒に食べたことはないが、この二人だけの秘密基地でテイクアウトしたランチボックスを一緒に食べたことは何度かあった。普段は友人たちと一緒に食べるのだが、たまたま選択授業や先生の手伝いなどで食事の時間がずれてしまった時にここに来ると、エヴァンが必ずと言っていい程にいるのだ。彼は喧騒が嫌いで、その上に果敢にも話しかけてくる人もいるので、食事は大体テイクアウトをしてここか寮の部屋でとっていたらしい。

「寮の門限にもまだ時間がありますし、大丈夫ですよ。なら、私が買ってきますね」

「いい、俺が行ってくる。シャノンはここにいろ」

「あ」

お金を渡す暇もなく、エヴァンは転移魔法を使ってしまった。……一人で食事をするのが寂しかったのなら、私のほかにも友だちを作ればよかったのに。そう思いつつも、もうそれは口にはしない。一年生の終わり頃にそれとなく聞いてみたが『必要ない』とかなり不機嫌になられたので、黙っておこうと決めたのだ。本人がいらないと言っているものを強要するのは違うだろう。彼には彼の事情があるのだ。

その頃を思い出しうんうんと訳知り顔で頷いていると、エヴァンが戻ってきた。

「戻ったぞ」

「わ、いい匂い、ありがとうございます。それでエヴァン、私の分のお金は」

「いらん」

「……」

「いらない」

「……はあ、ありがとうございます」

「そのため息はなんだ」

「いいえ、言っても無駄なんだろうなあと思っただけです」

「そうだな、何を言ったところで俺はシャノンから金は受け取らない」

「その頑なさは何なんですか。まあ、いいです。素直に感謝をしておきます」

どうせ言っても無駄なのだ。……いや、この貢ぎ癖をどうにかしなければいけないんだった。とりあえず、今度またお菓子を焼いてお礼をしよう。旅の最中はできないだろうけど、エヴァンの故郷に着いたら台所を貸してもらおう。

それにしてもいい匂いだ。私は秘密基地にあるテーブルに清掃魔法をかけて、エヴァンから荷物を受け取る。

「で、何買ってきてくれたんですか？」

「サンドイッチをいろいろ、パニーニとか、あとはスープと飲み物だな」

「あ、スープってこれシチューパイじゃないですか。わあ、初めて食べます」

美味しそうな匂いの正体はシチューパイだったらしい。シチューの上にパイを被せたこの料理は、手間がかかるその分だけ値段が高いので今まで頼んだことはなかった。

「嫌いか？」

「好きだと思います。でもちょっとお高めじゃないですか。私みたいな庶民はこういうところは節約しないといけないので」

「……お前、そんなに困窮していたのか？」

「してません、節約していただけです」

「それを困窮してると言うのでは……」

「言いません。でも、嬉しいです」

やはりエヴァンとは金銭感覚が違う。育った環境が違うのだから、それは仕方のないことだ。……うん、仕方のないことだ。

私が素直にお礼を言ったからか、エヴァンは少し視線をずらして照れているようだった。大体の生徒から近寄りがたい孤高の天才と思われている彼には、実はこういうところもある。

「なら、好きなだけ食べればいい」

「あ、えーっと……」

「どうかしたのか」

「エヴァンって人とシェアするの苦手な人ですか？」

「……質問の意図が分からん。はっきり言え」

「サンドイッチもあんまり食べたことのないのばっかりだから、いろいろ食べたいのでシェアして食べたいなあ……って、思いまして。でも、苦手なら強要はしないので」

「何かと思えば、好きにしたらいいだろう。シチューパイも二種類買ってきたから食べられる分だけ食べたらいい。残ったなら俺が食べる」

「ありがとうございます、エヴァンっ」

「ああ、あとシャノン用にプリンも買ってきたぞ」

「こ、これはもう完璧な晩餐では……？」

「……シャノン、これは晩餐とは言わない」

「でも楽しいし嬉しいです」

「まあ、そうだな」

若干憐れまれた気がしたけれど、最後に同意が得られてよかった。

「では、いただきます」

「どうぞ」

「わ、パイさっくさくですよ、エヴァン」

「よかったな」

「はい」

さっそくシチューパイを一口食べると、さくさくとしたパイ生地が温かで濃厚なシチューと絡んでとても美味しかった。ビーフシチューとミルクシチューがあって、もう遠慮はせずに二つとも少しずつ食べてしまった。残りは本当にエヴァンが食べてくれて助かった。自分ではあまり選ばなかった具がたくさん入っているちょっとリッチなサンドイッチもチーズがたっぷりのパニーニもどれも美味しくて、幸せな気分だ。

「ふう、ごちそうさまでした。もうお腹いっぱいです」

「プリンは?」

「食べます」

「腹がいっぱいなんじゃなかったのか?」

「ニヤニヤしながら意地悪を言わないでください。プリンは入ります」

「ん」

プリンとスプーンを手渡してくれたエヴァンは、そのまま飲み物の準備をしてくれた。

「あ、飲み物のことすっかり忘れていました」

「俺もだ。シャノン、紅茶でいいな」

「はい」

「砂糖とミルクはいらないな？」

「ええ、必要ないです。……エヴァンって私のことよく知ってますよね」

「だといいが」

そう言って笑うエヴァンは、欲目なしに格好いい。……きっと、彼が選ぶ人はこの完成された美貌の隣に立っても物怖じしないのだろうなと思うと、僅かに心が軋んだ。

でもいいのだ。私たちは友だちで、友だちなら私みたいなのでもエヴァンの隣にいられるんだから。


――


お腹いっぱいで幸せな気分のままベッドに入ったのに、翌日の目覚めが最悪だなんて聞いていない。

「聞いてよ、皆！　エヴァンったら酷いのよ！」

私はその叫び声でたたき起こされた。時計の針はまだ朝の五時を指している。授業があった日でさえ、こんな時間に起きることは滅多になかったのに。

「なに……？」

寝ぼけながら、ベッドの中で聞き耳を立ててみる。そんなことをしなくても扉の向こうから飛び込んでくる音は、よく聞こえる大きさだったけれど。

「昨日、アタシは一生懸命一人で練習してたのよ⁉　なのにエヴァンは顔も出してくれなかったの！　酷いでしょう⁉」

……。そういえば、そうだった。昨日、エヴァンは卒業式のパフォーマンス練習をサボっていたのだった。しかも私はそれを知っていて、練習に行くよう促しもしなかったのだ。いや、一回だけは言ってみたけれど、そんなことを聞く人じゃないからあれ以上はどうしようもなかった。

あのサラが、自分との予定をすっぽかされるなんて屈辱に耐えられる訳がないのだ。すっかり忘れていた、と思いながら私はそっと部屋に結界を張った。音を遮断するだけのとても簡単な魔法だ。そして何も聞かなかったことにしてベッドに潜り込んだ。

それにしても、サラは元気だな。きっと女子寮内の談話スペースで叫んでいるんだろうけど、五時からあれだけの元気があるのはいいことかもしれない。迷惑ではあるけれど。そんなことを呑気に考えながら、私は二度寝を楽しんだ。

コンコンコン、と扉を叩く音でじわりと頭が覚醒する。防音の結界は寝ている間に解けてしまったようだ。まあそんなにしっかり魔法をかけた訳じゃないから仕方がない。さっきと同じように時計を見ると、もう針は十二時を指していた。全然さっきではなかったことを自覚して、それでも寝すぎた

時特有ののたのたした動きで扉に向かう。

「どちら様ですか……？」

「わたしよ、ヴァイオレッタ。何、シャノン、貴女寝ていたの？」

「おはようございます、ヴァイオレッタ……」

「こんにちは、よ！　あの騒ぎでよく寝ていられたわね……」

自室の扉を開けるとげんなりした顔のヴァイオレッタが立っていた。友人相手だからってパジャマで出るのはまずかっただろうか。でも、まだ眠くて頭が回らない……。

「お昼一緒に食べない？　寮から脱出したくって……」

「……まさか、彼女まだ談話スペースに？」

「そのまさか、なの」

とりあえずヴァイオレッタを自室に招き、着替えることにした。

「もう散々。朝の早くからきゃんきゃん叫んで、何の騒ぎだって起きだした子たちは皆サラと親衛隊に捕まってるの。今はやっと叫び声が聞こえなくなったけど、関わりたくない子たちはさっさと転移魔法で出てるわ。あんまりゆっくりしてたら私たちも捕まるわよ」

「急ぎますから、待って！」

「はいはい」

制服に着替えて、顔を洗って、リップだけをつけた。授業はないが学内では基本的に制服で過ごすことになっている。髪とかは適当だが、もうこれでいい。あの団体に捕まるよりは十分マシだ。

「お待たせしました！　さ、行きま――」

「ねえ！　いるんでしょう!?　ちょっと出てきなさいよ！」

準備ができた！　という時に、扉がバンバンと叩かれた。この声はサラではないけれど、彼女のとりまきの一人でパーバディという名前の女生徒だ。燃えるような赤い髪と目が特徴的で化粧が派手で言動がキツく、サラ同様に関わりたくない人。知らないふりをしてもいいのだけれど、もうこちらの話し声を聞かれてしまったのだろう。

このまま転移魔法を使ってもいいが、「何で無視をしたの!?」と被害者ヅラをされ、悪口を吹聴され、挙句更に絡まれてしまうことが簡単に想像できてしまう。今はもうあと少しで卒業だから心配もないが、以前にはサラ贔屓の教員に告げ口をされることもあった。彼女らの団体は本当に厄介だったのだ。

ヴァイオレッタの方を見ると、顔の中心に皺を寄せながら何とも言えない顔をしていた。私は外に聞こえないように小声で彼女に話しかける。

「パーバディさんはきっと私が出ていけば納得するでしょうから、ヴァイオレッタは転移魔法を使って脱出してください」

「こんな時にシャノンを置いていく程、落ちぶれてはいないの」

「か、格好いい……」

「そうよ。わたし、格好いいの」

ヴァイオレッタに小さく拍手を送っていると、また扉がどん！　と叩かれる。……ここ、次はまた新入生の子が使うのだからそんなに乱暴にしないでほしい。諦めるしかないのだと諦観して、扉を開けた。

「何の御用です、パーバディさん？」

「サラが呼んでるのよ、いつまで寝てるのだらしないわね！」

「はあ……」

「何よ、その返事！　早く来なさい！」

サラもだけれど、彼女の周りの人も本当に不思議だ。どうしてそんなに強気で、自分が偉いのだと言わんばかりに振る舞えるのだろう。しかし、断るのも面倒だとヴァイオレッタと目配せをした。

……まあ、私たちのこういう態度が彼女たちを助長させてしまったのだろうなあ、とほんの少しだけ反省しながら談話スペースに向かった。

そしてそのことを早々に後悔した。

「シャノン！」

「あっはは！　おはようーシャノンちゃん、起きられたでしょう？」

一瞬、何があったのか分からなかった。まず顔に冷たさを感じて、そのままその感覚は全身に広がる。ああ、水をかけられたのだ。

「何すんのよ、サラ！」

「ええー？　ヴァイオレッタちゃん、こわーい。シャノンちゃんがお寝坊だったから起こしてあげただけじゃないの、ひどーい」

ううーん、こんな咄嗟の時に反応ができないなんて、やっぱり一人旅は危なかったかもしれない。エヴァンについて行くことにしてよかった。これはただの水だけれど、もっと悪いことを考えている人が襲ってきた時に対応できないことが証明されてしまった。彼との旅の間にこういうことにも瞬時に対抗できるように鍛えよう。

手の先を振って水滴を飛ばしながら今後のことを考えていると、ヴァイオレッタがヒートアップしてきた。

「ふざけんじゃないわよ！　朝の五時から騒ぎ散らかして、この迷惑女！　その上に人に水をかけるなんて無礼許されると思っているの!?」

「ひどいひどい！　ヴァイオレッタちゃんはアタシが朝から泣いてたのに無視してたの!?」

わっと泣きまねをするサラの周りに彼女の支持者が集まって、わあわあと騒ぎ立てる。ああ、煩い。

私は怒りに震えるヴァイオレッタの肩をそっと掴んだ。

「こんにちは、サラさん」

できるだけにっこりと微笑んで、そのまま魔法を展開させる。室内で水遊びがしたいなんて奇特な人だなあと蔑みながら。

「きゃあ!?」

「よかったですね、水遊びがしたかったんですよね。じゃないと人に水かけるなんて、しかもこんな大勢の前で、そんなことしませんもんね。満足しました？　でも、私、水遊びなら夏の川辺や海でしたいから今後は別の方を誘ってくださいね。やりたいって言ってくれる人、貴女の周りに沢山いるでしょう？　ああ、私みたいにしたくない人を誘わないでくださいね。……もう学校生活も終わりなんだから、最後の最後で煩わせないで」

びしょ濡れになって呆然とするサラとそのとりまきたちを置いて、転移魔法を使う。同じく吃驚して固まっていたヴァイオレッタも掴んで、一緒に職員室まで飛んだ。

職員室に着くと、私は信用がおける歴史学の先生に向かって「サラが談話スペースで水をかけてきたのでやり返しました。私は被害者だと主張します。それでも私が悪いと仰るなら、せめて喧嘩両成敗でお願いします」と叫んだ。

職員室は騒然としたが、何故か歴史学の先生だけは大爆笑だった。歴史学の先生は最近出てきたと気にしている下っ腹を押さえながら、ひいひいとずっと笑っていた。

私は学園では、目立たないように目立たないように生活をしてきた。だから、サラも苛立ちのはけ口にしようとしたのだろう。嫌味を言われたり陰でクスクス笑われていることは知っていたけれど、水をかけられるようなことをされたのは初めてだった。今まで目立たなすぎて、サラの目にはたまにしか入っていなかったみたいだけれど、最近は卒業だからと彼女を適当にあしらう人も増えてきたからその役目が回ってきてしまったらしい。

多分、サラは今まではここまで醜悪なことはやってきてはいなかった。彼女は味方も多いが敵も多い人だったから、味方にちやほやされる時間と敵とやり合う時間でいっぱいいっぱいだったのだろう。だからこそ、皆彼女を放置していた。

しかし、今日のはサラが悪い。私は寝起きで、朝ご飯も昼ご飯も食べていないのだ。こんなイライラしやすい人間に喧嘩を売るなんて頭が悪いにも程がある。彼女の事情なんて知らない。彼女のご実家の影響力で、私の卒業が駄目になったってもう構わない。……いや、やっぱりちょっとは構うけど。

ううん、短気を起こしすぎたかもしれない。

ちょっとドキドキしながら私はヴァイオレッタと遅めの昼食を食べた。勿論、ちゃんと全身乾かしてある。いやあ、魔法って便利だなあ。

「……シャ、シャノン？」

「どうしました、ヴァイオレッタ？」

「いや、うん、大丈夫かなって……」

いつもはきはきしているヴァイオレッタの声が、何故かとても小さい。もしかして私を気遣ってくれているのだろうか。

「大丈夫ですよ、すぐに乾かしたし。先生すごく笑ってましたけど『こっちでちゃんと対応する』って言ってくれてましたし」

「そ、そっかあ……。普段、大人しい子が怒ると怖いってこういうことなんだあ……」

「？　何か、言いました？」

そっか、のあとの言葉がどうしても聞き取れず聞き返したら、ヴァイオレッタは手と顔をぶんぶんと振った。

「ううん！　全然？　今日の日替わりランチ美味しいなって！」

「え、そうなんですか？　私も日替わりにすればよかったかなあ」

「……ふふ、シャノンは食いしん坊だなあ。エビフライを一口あげよう」

「わあ！　ありがとう、ヴァイオレッタ！　じゃあプチトマトをあげます」

「プチトマトはいらない」

「スライスオニオン」

「スライスオニオンもいらない」

「レタス……」

「わたしが加熱してない野菜苦手だって知ってるでしょう、嫌がらせ？」

「美味しいのに。じゃあ、チキンソテーをあげます」

「大丈夫よ、シャノンが食べて。っていうか、もうお腹いっぱいなのよね」

「もっと食べていいんですよ」

「お腹いっぱいって今言ったよね？」

むにり、と頬をつままれて「ごめんなさい」と返す。ヴァイオレッタと友だちになってから、よくやっていたやりとりだ。ああ、本当にあと二日でお別れなのかな。今までずっと一緒にいたのに。これが大人になるってことなのかな。

……あ、今回の水かけ騒動の件で、退学か除籍になる可能性もあるのだった。ああ、悔やまれる。本当に退学か除籍になったら、バレないようにサラに呪いでもかけようかな、と随分物騒なことを考えながら貰ったエビフライを頬張った。

ヴァイオレッタと寮に戻ると友人たちや反サラ派の生徒たちに囲まれて、「大丈夫だった？」「よくやったわ！」と集まってきて談話室でお菓子パーティーが始まった。皆、言い出せないけどいろいろと鬱憤が溜まっていたらしい。サラが現在職員室なので、とりまきの生徒たちも強く出れないらしく黙って自室に戻っていく。……盛者必衰ではないかもしれないが、その後ろ姿に何となくのむなしさを感じてしまった。

まあ、起こしてしまったものは覆しようがない。私は大人しく先生たちの判断を待った。

4……卒業式一日前……

結局、私は退学にも除籍にもならなかった。その代わりサラもお咎めなしだった。まあ、その場でやりかえしたので私は別に構わなかったのだけれど、ヴァイオレッタは「あっちがお咎めなしって何なのよ!?」と怒っていた。自分のことでもないのに、ここまで怒ってくれるのはありがたかった。むしろ彼女がそう言ってくれたからこそ私は冷静でいられたのかもしれない。

卒業前に騒ぎを起こして、退学まで行かなくても何かしらの処分を下された時点で、就職先から人格に難ありだと内定取り消しを受けるかもしれないから、これは仕方のないことだっただろう。学園としても一応は成績優秀者であり、多額の寄付金を出してくれている家の子女に最後の最後でそんな判定はつけたくなかったというのも分かる。いわゆる、大人の事情というやつである。

私はサラが不幸のどん底に落ちればいい、なんて思っていないからもうこれでいいのだ。このままあと一日、私に関わらないでくれたらいい。むしろこの件で彼女が咎められるような正常な学園経営をしていれば、彼女もあそこまでつけあがらなかったような気もする。

サラと一緒に学園長室に呼び出された時、髭を貯えた学園長先生がもっともらしく頷きながら「学生同士のぶつかり合いも青春の一コマですからね」と言って、私たちの手を握らせたことは不可解だったが、逆に言えば不満はそのくらいだった。

　一方サラは先生たちの前ではしおらしくしていたものの、学園長室から出た瞬間にぎろりとこちらを睨みつけてきたのできっとかなり不服だったのだろう。しかしさすがに卒業式間近でこれ以上の騒ぎを起こすことは得策でないと思ったのか、すぐに黙って転移魔法でいなくなってくれた。

　正直なところ、もう既に一度やりあってしまったからまた何かされたら私ももう我慢するつもりがなかった。彼女はきっと正しい選択をしたのだと思う。これも見た目で勘違いされがちだが、私は別に気が弱い方ではないのだ。侮ってもらっては困る。……なんて、心の中だけで言っている内は駄目だろうか？

　とにかく、午前中にそういう疲れる茶番をさせられたので場所取りが遅れたが、今日は午後から卒業式のパフォーマンスのお披露目があるのだ。サラが急いでいたのは、パフォーマンスの準備もあったのだろう。しかも今回は、わざわざ理事長先生も来るらしい。待っていてくれたヴァイオレッタと共に中央広場へ向かうと、既に準備はされていて今まさに開始といったところだった。

「あー、さすがにちょっと真ん中は見えないなあ」

　中央広場の周りは卒業生だけでなく、在校生も集まっていて大賑わいだった。パフォーマンスは勿論のこと皆、滅多に学園に来ない理事長を見たいのだろう。いい場所はもう取られている。あとから来た私たちからは、真ん中に立っている筈のエヴァンとサラは見えなかった。

「そうですね。ごめんなさい、ヴァイオレッタ」

「いいの！　わたしが好きで待ってたの、だからそれはもう言わないの！」

「でも」

「それにここからでもパフォーマンス自体は見れるわよ。わたしは別にあの二人のファンでもとりまきでもないいし、魔法が見られたらいいの。ね？」

私にもヴァイオレッタにもほかの友人はいる。その友人たちと先に行っていて、と言ったのだけれど彼女は待っていてくれた。

……実は、こういうのは本当に嬉しい。一人でも大丈夫だと思うし、一人の時間も嫌いではないけれど、でも嬉しい。そんな私の気持ちを知ってか、ヴァイオレッタが私の頬を突いてくる。

「もう、嬉しそうな顔しちゃってぇ」

「う、からかわないでください……」

「あ、始まるみたいよ！」

ヴァイオレッタがそう言った途端、広場の真ん中で火柱が立つ。場所取りが遅れた私たちは大分離れた所にいる筈なのに、かっと火の熱が広がったのを感じた。熱い。やっぱりエヴァンは飛びぬけていると確信せざるを得ない。この火柱はただ強大な魔力を放出しているだけにも見えるが、観覧している生徒たちに炎が行かないよう繊細な調節を行っているのだ。

「すごい……」

その一言に尽きた。それ以外にエヴァンの魔法を言い表す言葉はない。圧倒的なのだ、何もかも。

一見単純な魔法であるからこそ、魔力の強力さとその操作技術がよく分かる。ほとんどの生徒が呆然といっそのこと畏怖すら抱きながら、彼の魔法に釘付けになっていた。しかし、それを金切り声が引き裂いたのだ。

「もう！　ひどいじゃない、エヴァン！」

それは金切り声ではあったが、どこか甘えた色も乗せていて聞いていて気持ちのいいものではなかった。勿論、それはエヴァンの隣にいるサラから発せられたものだ。ふっと炎柱が消え、広場全体に緊張感が走る。

「どうしてアタシのことを考えてくれないの？　一昨日だって練習に来てくれなかったし、こんなじゃアタシ、パフォーマンスなんてできないー！」

サラの叫びは聞きようによっては、もしかすると可愛い声なのかもしれない。複数の男子学生は心配そうに彼女を見て、エヴァンがいかに紳士的でないのかを議論し始めている。とりまき以外の私やヴァイオレッタを含めたほとんどの女子学生は、本気かという目でその人たちを見ていたが、彼らはそのことに気づいていないようだった。

「では、止めておしまいなさい！」

ざわつく広場に怒声が轟いた。それだけの大声だった訳ではない、おそらく魔法に声を乗せて拡張しているのだ。皆が、その声の主を一斉に見る。その拍子に目の前が僅かに開けて、サラとエヴァンのいる中央が遠目に見えるようになった。

「……ぇ？　り、理事長先生？」

サラは静まり返った広場で突然の叱責に目を白黒させながらも、すぐに可愛らしい仕草で声の主である理事長先生の方を振り向いた。ここからでは遠くて見えないが、おそらく目に涙をためて哀れっぽくしているのだろう。それが彼女の常套手段だった。彼女がそうやって、身の潔白と相手がいかに悪いかを主張すれば、事実なんて簡単に捻じ曲がるのだ。……どうなるんだろう、知らず握りこぶしに力が入った。

「あ、あの、理事長先生。アタシは悪くなくって、エヴァンが――」

「お黙りなさい。貴方の話は聞いていません」

厳しく凛とした声がまた響く。髪をきっちりと結い上げた理事長先生がすっと指を横に動かすと、サラは口に手を当てて黙り込んでしまった。あれは多分、声を奪う魔法だ。かなり難しい魔法の筈だけれど、それをあんなに簡単にかけてしまうなんて、さすがは魔法教育連盟と魔法協会の重鎮である。

ここカエルム魔法学園の理事長はほかにも複数の学園の理事を務めているが、学校の経営管理以外にも世界規模の魔法に関わる仕事をしている。その為、この学園には滅多に現れることはないのだ。

名前だけ貸している状態、とも言える。役職は理事長だが名誉理事といった方が正しいだろう。しかし数年に一度でも、世界的に有名な魔法使いが学園に来てくれるというのだから、学園としても何の不満もないのだそうだ。

しかし、これは一体どういうことだろう。広場に集まっている者は皆、固唾をのんで中央のエヴァンたちを見守った。だって、何が起こっているのかも分からないから。

パフォーマンスが始まったかと思えば、それをサラが中断させて更にそれを理事長が止めた。でも、サラは比喩でなくこの学園の頂点だった、その筈だったのだ。それを上回る権力が彼女を襲うなんて、これまでこの学園ではなかったことで皆が困惑をしている。

「お披露目は終了です、皆さん解散してください」

理事長先生は学園長先生やほかの先生たちに何か指示を出し、エヴァンとサラに近づく。サラは声が出せないなりに理事長先生へアピールをしようとしていたけれど、何かを言われて先生の一人に連れて行かれた。そのまま理事長先生はエヴァンに話しかけ、二人でどこかに歩いていく。

「何が起きてるの？　ここからじゃ、何言ってるのか全然聞こえなかったわ！」

「そうですね……」

広場中央の会話は、声を張り上げていなければ私たちのいる場所までは届かなかった。理事長とエヴァンのやり取りは聞こえなかったから、何が起きているのかもどうしてエヴァンが連れて行かれたのかも分からない。それは集まった皆も同様で、特にサラのとりまきたちは近くにいる先生にくってかかっていたが、何の情報も得られていないようだった。

「とにかく、今日はもう帰りましょうか。解散って言われたし、ここにいてもどうにもならないわ」

「……私、ちょっと購買と図書室に用があるので、ヴァイオレッタは先に寮へ戻っていてください」

「そうなの？　もう明日卒業式なんだから、あんまり遅くならないようにね」

「はい」

ヴァイオレッタと別れた私は、どきどきと速まる鼓動を感じながら、そっと集団から離れた。

……大丈夫、きっとエヴァンが怒られる訳じゃない。だって、彼の魔法は完璧だった。そう、もしかすると逆に褒められているのかも。……でも、じゃあ、どうしてエヴァンは連れて行かれたの？　褒めるだけなら、その場でもよかった筈なのに。

ぐるぐると悪い考えが渦巻いて、どうしようもない。自分が動揺しているのは理解していたけど、だからこそ余計に周りを確認して転移魔法を使った。


――――


秘密基地がある暗い森は、やっぱり暗いままだった。さっき連れて行かれたエヴァンがいる筈もないのに、いたらいいな、なんて馬鹿みたいだ。

光を灯して黙ってベンチに座り、膝を抱えた。ここにいても、エヴァンは来ないかもしれない。でも、待っていたら来るかもしれない。何があったのか、大丈夫だったのか教えてくれるかもしれない。

やっぱり心臓がばくばくと落ち着かない音を立てていたけれど、私はここで待つことにした。

何かをする気にはなれなかった。ポケットには小さな本が入っていたし、この森に置いてあるチェストの中にはレース編みの道具も入っているけれど、とてもそんな気にはなれない。私はじっと目を瞑って、エヴァンが来るのを待った。


――


「――ノン、おい、シャノン！」

「んえ」

「んえ、じゃない。こんな所で寝る奴があるか！」

「エ、エヴァン！」

いつの間にか眠ってしまっていたらしい私の目の前に、エヴァンがいた。

「風邪をひいたらどうする。ああ、こんなにも手が冷えて」

「そ、そんなことどうでもいいんです！　それよりも大丈夫だったんですか⁉」

「そんなことってなんだ！　そんなことって！　この世で一番に重要なことだろうが！」

「……それはさすがに言いすぎだと思うんです」

「事実だ！」

エヴァンは怒鳴りながら魔法でブランケットを取り出して、起き上がった私の肩にかけてくれた。怒りながらも私の世話を焼く彼の情緒は一体どうなっているのだろう。

「寝るんだったらせめて防寒魔法をかけてからにしろ。風邪をひいてからでは遅すぎる」

「はい、えっと、ありがとうございます……？」

「まったく……」

エヴァンはまだぶつぶつと言いながら魔法で火を起こして、私の隣に座った。彼の魔力だけでできた火は地面にはつかずに浮遊して、この一帯を暖める。本当にすごい魔法技術だ。私では浮遊させることまではできても、それを周辺温度を上げるまで維持させることなんてできない。それどころか草木のどこかにあてて、燃え広がってしまうだろう。エヴァンがいつも何気なく行う魔法の一つ一つが、彼の凄さを表している。……って、違う！

「エヴァン、あの後、大丈夫だったんですか？　何があったんです？」

「あの後……？　ああ、あれを見てたのか」

「見るに決まっているでしょう。エヴァンの晴れ舞台なのに」

「……それにしては、昨日ここに来なかったじゃないか」

「それはその、ちょっといろいろあって。……もしかして、待ってました？」

「……」

「ご、ごめんなさい、エヴァン。本当にいろいろあって、連絡もできないまま夜になっちゃって」

「別にいい、約束をしていた訳じゃない。俺が勝手に待っていただけだ」

「そんなふうに言わないで、ちゃんとお詫びをしますから……」

むつりと口を引き結んだエヴァンは横目で私を見たあと、ん、と手を広げた。えっと、これは、どうしたらいいのかな。でも、そんなことを聞けるような雰囲気でもない。戸惑いながら片手を彼に預けると、ぐい、と引っ張られた。

「わ、わわっ！」

引っ張られた私は、エヴァンの膝の間にまるでお姫様抱っこされているみたいに置かれた。しかもそれだけじゃなくて、ぎゅうと抱きしめられている。え、な、何で⁉

「あ、あの、エヴァン……⁉」

「……疲れた」

「え、あ、そうでした。あの、何があったんです？」

抱きしめられているのでエヴァンの顔がよく見れなかったけれど、声が少し掠れて分かりやすく元気を失っていた。理事長先生に連れて行かれたあと、何か大変なことがあったのかもしれない。私は高鳴る鼓動を無視して、一生懸命に話を聞いた。

「あの、ばあさんが――」

「まさか、理事長先生のことじゃないですよね」

「……理事長に連れて行かれてあれこれ話をした。長い時間拘束されて疲れたんだよ」

「どんなことを話したか聞いてもいいですか？」

「別に俺の不利になるような話じゃなかったが、つまらない話だったから嫌だ」

子どもがぐずるようにエヴァンがぐりぐりと私の肩に頭を押し付ける。意外と柔らかな彼の髪の毛が頬に当たってくすぐったい。ついでだからと撫でてみたが、別に嫌がられなかったからいいのだろう。

「……怒られたりとかはしなかったです？」

「まったく。ああ、あの女は卒業式のその時まで寮に戻れないそうだぞ」

「え」

「懲罰部屋行きだそうだ。パフォーマンスも俺一人でやることになった」

「ええ!?」

「学園長やほかの職員もただじゃ済まないそうだ」

「それって、どういう……？」

「さあ？　まあ、あのばあさん……いや、理事長が常識人だったってだけだろ。今までが異常だったんだ」

いまいち要領を得ないが、とりあえずエヴァンが何かを咎められた訳ではないらしい。とにかくその事実さえ分かればそれでいい。ほう、と息が漏れた。

「……よかった」

「ああ、あとたった一晩だが、もうあの女に煩わされることはない」

「そうじゃなくて、エヴァンが怒られてたりしないでよかったって言ってるんです」

「……ん」

それきり、エヴァンは黙り込んでしまった。……何だか、変な雰囲気だ。私たちは、友人なのに。いや、友人なのだ。卒業したら一緒に旅に出るのだし、ここで変な空気になりたくはない。

「えっと、エヴァン、そろそろ帰らないと。明日も早いですし」

「……」

「あの、ねえ、エヴァン……」

「俺はお前が憎らしい」

「えぇ……？」

何か嫌なことをしてしまったのだろうか。それとも喧嘩を売られているのだろうか。どちらにしろ言葉に覇気がなさすぎるので、またよしよしと頭を撫でてみた。エヴァンはぴくりと動いたけれど、大人しくしている。

「……はあぁ」

「これ見よがしなため息ですね」

「シャノン」

「はい？」

「明日、卒業式の日、お前は真実を知る」

「あの、私、占術学はあまり信じない派なんですけど」

「そういう話じゃない」

やっと顔を上げたエヴァンは微妙な顔をしていた。しかしすぐに眉間に皺を寄せる。

「真実を知っても、もう約定がある以上はお前は俺と共に来なければならない」

「……」

「だから、いや、どうか」

「言い回しが回りくどいですよ、結局何が言いたいんです？」

エヴァンはたまにこうやって、回りくどい言い回しをすることがある。占星術の先生の中にもこういう話し方をする人がいるが、正直、あまり得意ではない。せっかちだとも文学的でないとも言われたことがあるが、それでもどうしても結論を早く教えてほしいのだ。

「お前はそういう奴だよ」

「つまり、エヴァンが私のことを騙したり嘘を吐いたりしているって話ですか？」

「……言っていないことがあるだけだ」

「で、それを明日、教えてくれるんです？」

「そうだ」

「まどろっこしいんで、ここで話してほしいんですけど、それは嫌なんですね？」

ぐっと口を閉ざしたままのエヴァンは、どこか怒られるのを恐れている子どものようにも見える。

何となく肩の力が抜けて、くすりと笑ってしまった。

「分かりました。では、明日を楽しみにしています」

「……シャノンにとって、いい知らせではないかもしれない。それでも俺はお前を連れて行く」

「一応確認しますが、犯罪とかそういうのではないんですよね」

「違う」

「じゃあいいです、ついて行きますよ。約束しましたしね」

エヴァンの顔がまた歪む。どんな隠し事をしているというのだろう。でも、今の私は驚く程に楽観的だった。彼が私を傷つけることなんてあり得ない、と不思議なくらいに自信があるのだ。

「シャノン、ガラス玉を持っているか？」

「ええ、持ってますよ」

いつものように見せようとすると、エヴァンが私の手をそっと掴む。

「エヴァン？」

「見せなくていい。……必ず、明日の後夜祭の時まで持っていてくれ」

「……分かりました。それも約束ですもんね」

「そうだ、約束だ」

よく分からないが、とりあえず声に元気が戻ったようでよかった。でも、ふと気づくとエヴァンの腕に力がこもって、さっきよりも密着している。あれ、こ、これは。心臓の音が煩くて、こんなのが聞こえてしまったらどうしたらいいんだろう。

「あの、エヴァン？　さっきから気になっているんですけど、やっぱりちょっと近すぎるかなって」

「今更すぎないか」

「やーでも、やっぱり顔が近いし、適切な距離感ではないような気が……」

「ふはっ、顔が赤いぞ」

「わ、笑わないでください！　もう帰りますから放してー！」

「あっははは！」

エヴァンは悪戯が成功したように楽しげに暫く笑って満足したのか、私を膝からそっと下ろした。

そういえば何だか簡単そうに持ち上げられているけれど、もしかすると彼はものすごく力が強いのかもしれない。

「じゃ、じゃあ、私はもう帰りますからね。エヴァンも明日は卒業式なんですから、パフォーマンスもあるんですし早く寝なくちゃ駄目ですよ?」

「……ああ、また明日」

「ええ、また明日。おやすみなさい、エヴァン」

挨拶をしたらすぐに転移魔法を使って寮の部屋に戻った。私は、いつも通り笑えていただろうか。優しげに微笑むエヴァンにどきりとして、あまり余裕がなかった。彼の言っていないことというのも気になるけど、そもそも私はこんなふうで大丈夫なんだろうか。これから二人で旅に出るのに。

……もし私が、好きだと言ってしまったら、エヴァンはどうするんだろう。迷惑かな、それとも友情を裏切られたと思うのかな。ああ、それは嫌だなあ。失恋よりも、エヴァンに失望される方が嫌だ。

ぎゅうと目を瞑って深呼吸をする。……うん、私と彼は友人だ。それでいいんだ。ぐーっと背伸びをしてもう一度深呼吸をした。明日の用意の最終チェックをして、ご飯を食べて早く寝よう。そう決めたその時、扉をノックする音が聞こえた。

「はい?」

「あのさ、あたし、パーバディなんだけど……」

……友だちだと思って返事をしてしまったのは迂闊だった。ああもう、サラはいない筈なのに何の用なんだろう。こちらに用はないので黙っていると、扉越しに狼狽えた気配がする。

「昨日のこと謝りたくて、あの、ごめんね？」

「……貴女に直接何かされた訳ではないので、謝罪は不要です」

「それでさ、仲直りの印じゃないんだけど、ちょっとお話ししたいって。貴女ってガラス玉が真っ黒になったんでしょう、珍しいからずっと見せてほしいなって思っててぇ……」

「パーバディさん、私は明日の準備で忙しいので遠慮してください」

「なっ、こっちが下手に出てんのにその態度は何よ!?」

謝りに来たのなら下手に出るのは当然ではないかと思うのだが、パーバディの常識と私のそれは違うらしい。まったく、人が感傷に浸っている時に止めてほしい。

「今度は貴女が騒ぎを起こすんですか？　一昨日のサラさんの件もあったし、先生もすぐ対応してくれると思いますが」

「っ！」

「言われなければ分かりませんか、迷惑です」

「〜の、凡人の癖に調子乗ってんじゃないわよ！」

バタバタバタと、上品でない足音が遠ざかっていく。大体凡人って、なんてつまらない悪口だろう。

はあ、とため息を吐く。それにしてもいらない緊張をした。皆、最後の最後でどうしてこんなにことを起こそうとするんだろう。いや、むしろ最後だからかな。

「……一応、今日はしっかり防御魔法をかけておこう」

最後の最後に、面倒事に巻き込まれたくはない。せっかくサラが寮にいないのに、結局あんまり気が休まらないのはどうしてなのか。でもそれも、今日で終わりだ。私は気を取り直して、明日の準備の確認を始めた。

5……卒業式当日・前……

　昨日はいろいろとあったけれど卒業式当日は何というか、とても平和だった。サラは朝には懲罰部屋から出されていたが、式中も数人の職員に付き添われてほかの卒業生たちとは別の席で話を聞いており隔離されていた。式が終わってからもサラは解放されなかったらしく、彼女を見かけた人はいない。パフォーマンスはエヴァンだけで行ったが、昨日のお披露目よりも高く美しく上がった火柱は本当に綺麗だった。

　この三年間で、一番に平和だったと言っても過言ではなかったくらいに平和だったかもしれない。パーバディを始めとするサラの取り巻きたちも、昨夜寮に戻らなかった彼女が懲罰部屋に行ったと今朝先生たちに聞いてからはとても静かだ。……それくらいサラの影響力が強かったのだと思うと、何だかとても微妙な気分になってしまったがそれも今日で終わるのだ。

　無事に卒業式も終わり、残すは後夜祭のみ。全生徒は一度寮の部屋に戻り着飾ってホールに向かうが、ヴァイオレッタの様子が変だった。

「……やっぱりない」

「ヴァイオレッタ？　どうかしましたか？」

「んー、ちょっとね。……ま、いっか。ないものはないわ」

「何か失くしたんですか？」

「うん、今朝から見当たらなくて。でもいいの、またあとで探すわ。さ、卒業式も終わったし、最後の思い出にいっぱい美味しいご飯食べましょ！」

「本当にいいんですか、手伝いますよ？」

「いいのいいの！」

「……じゃあ、後夜祭が終わったら一緒に探しましょう」

「えへへ、ありがとう。昨日から見当たらなくて、いつもと同じところに片付けたと思ったんだけど……」

「そういうこともありますよ」

そんな話をしていると、私たちを呼ぶ声がする。

「ねえ、二人とも！　もう行くよ！」

「早く早く！」

「はーい！」

「今行きますー！」

……こうやって友だちに呼ばれるのもこれで最後だと思うと、本当に感慨深い。何気ないことに涙腺が刺激されて困ってしまう。けれど、さすがにここで泣くのは恥ずかしいので、それは頑張って堪えた。

――

後夜祭の為に飾り付けられたホールは、いい意味で滅茶苦茶だった。世界各国の食事、踊りや音楽、生徒や来賓が着ている衣装も様々で、更に魔法が飛び交っている。攻撃性のある魔法は封じられているので、一応は安全だけれど室内に光が飛び散った時はとても吃驚した。熱くない花火みたいな魔法で、今もキラキラと天井付近で輝いている。習ったことのある魔法の応用であることは理解できたけれど、こんな使い方があるんだと新たな学びにもなった。

さっきまで一緒にいた友人たちはほかの友人や自分の親、来賓たちに挨拶に行っているので、私は今一人だ。私の母は田舎から出てこなかった。つまり、一人なのでスイーツをお皿いっぱいに取っても、誰にも何も言われない。少しお行儀は悪いが、後夜祭だしいいんじゃないかなと思う。見たこともないお菓子もいっぱいあって、食べきれるか心配なくらいで――。

「甘いものばかり食べすぎじゃないか?」

「ひえ……!」

驚いて振り向くと、そこには今夜の主役であるエヴァンが立っていた。卒業生全員が主役だけれど、常に成績トップで生徒代表でパフォーマンスも行ったエヴァンはやはり別格と言える。そんな人がどうして一人でいるんだ。

「え、え、エヴァ……！」

今まで、私のお願いを聞いてあの森で以外は話しかけてきたことのなかったエヴァンが、私の後ろに立っている！

パニックになっているのか、これ以上の言葉が出てこない。そんな私を、エヴァンは昨日みたいに笑った。

「はは、何て顔をしてるんだ」

「～～っ！」

「そう慌てるな。阻害魔法をかけているから、シャノン以外には俺のことは俺とは分からない。……最後だしな」

「そ、そういうことは、昨日の内に言っておいてくださいよ……！」

「ふは、悪い」

いろんな意味で心臓に悪かった。ゆっくりと深呼吸をして、落ち着く為にマカロンをひと齧りするとまたエヴァンが笑ってくるが、もう気にしないことにした。

そもそもエヴァンは今簡単に阻害魔法をかけていると言ったが、阻害魔法なんて高等魔法を使って、しかも私だけを対象から外すなんて器用なこと普通はできない。けれど、もうそこはつっこんではいけないのだろう。彼はいろいろな意味で特別なのだ。

「最後だし、そっとしておいた方がよかったかと思ったが、最後だしな」

「それは〝最後だから記念に〟なのか〝最後だから約束を破ってもいいだろう〟なのか、どっちの意味で言ってます？」

「……どっちもだ。それにしても似合っているな、自分で選んだのか？」

「本当ですか？　ありがとうございます。母が卒業式に着ていたものを直したんですよ。エヴァンは……文句なしに似合ってますよ」

エヴァンはいわゆる礼装というものを着ていた。制服以外の装いを見たことがなかったが、かちっとした服が非常に似合っている。悔しいくらいに似合っている。……私もドレスを着ていて鏡に映っている自分はそれなりに見えたが、彼の隣では当たり前のようにかすむだろう。まあ素材の違いということで、この現象に文句を言っても仕方がない。

「褒めるんだったら、顔を顰めるんじゃない」

「だってまあ、エヴァンですし。似合うのは当たり前かなって」

「……嫌味か？」

「どっちかと言うと嫉みですが、結局は褒め言葉です」

「だから、顔」

「ふふ、私のこと笑ったお返しですよ」

何だろう、ここにはほかにもたくさんの人がいるのに、あの森で話しているような気分だ。エヴァンが阻害魔法を使っているというのだから、心配はないのだけれど不思議な感じがする。

「エヴァンも食べます？　美味しいですよ」

「あ」

「もう、自分で食べてくださいよ……」

「ん」

私は少しかがんで口を開けてくるエヴァンに呆れつつ、その口にプチケーキを押し込んだ。自分で口を開けた癖に甘いものがそんなに好きでない彼が、眉間に少し皺を寄せつつそのプチケーキを咀嚼するのが面白くて笑ってしまう。

「美味しいでしょう？」

「甘い」

「ふふ、ケーキですからね」

笑ったままで、私もプチケーキを食べてみた。エヴァンが食べたものと種類は違うがしっかりと甘いケーキはとても美味しい。多分、彼は好きな味じゃないだろう。

「ところで」

「はい」

「シャノンは踊りに行かないのか」

後夜祭のメインは踊りだ。ワルツを踊っている人もいれば故郷の伝統的なダンスを踊っている人も、ただ音楽に合わせて体を揺らしているだけの人もいる。本当にめちゃくちゃで、皆楽しそうだった。

「最後の最後で恥をかきたくないです」

エヴァンは思い切り顔を顰めた。思っていることは何となく分かる。自意識過剰とか折角の後夜祭でとか、友人たちにもそう言われたのだ。特にこの後夜祭ではどんな踊りでも許される。中央のダンスホールに行って楽しめるなら誰も文句は言わない。でも、恥をかきたくないというのは本心だから仕方ない。

「そんな顔をしても駄目。私は行きません。エヴァンが踊りたいなら、お相手はいくらでもいるでしょう？」

「シャノンが行かないならいい」

「……じゃあ、二人でお菓子食べましょう。こんな機会じゃないと世界各国のお菓子なんて食べられませんからね。きっと甘さ控えめのお菓子もありますよ」

「珍しく食い気に走るじゃないか」

「正直、暇で。ダンスは踊りたくないし、魔法は綺麗ですけどもう見たし、友だちも皆忙しそうだし。

でも後夜祭を途中で抜けるのって禁止だから……」

「ふ、分かった、付き合う。ただし、途中で食事の方にも行かせてくれよ？」

「やった。ありがとうございます、エヴァン」

目立つ筈のエヴァンと会話をしているのに、誰の視線も感じない。阻害魔法なんて使っていたら、それを見破る人も出てきておかしくないのに誰も気づかないみたいだ。何だか、楽しい。私が気にしていただけだけれど、今まで人がいる前でこんな風に話したことがなかったから新鮮だ。

「エヴァンの故郷の料理とかお菓子はありました？」

「見に行ってないから分からん」

「じゃあ見に行きましょうよ」

「そうだな」

やっぱり、他人の目を気にしないでエヴァンと話せるのはすごく楽しい。お皿が空になったのでまずはお菓子の置いてある場所まで行き、たくさんのクッキーを手に入れた。エヴァンは皿盛りクレープを焼いてもらい、そこにアイスまでつけてもらっていた。

「あ、アイスまであったんですね。美味しそう」

「甘い……」

「……それだけシロップかけているんだから、当たり前では？」

「ほら」

「え⁉」

エヴァンがフォークで刺したクレープを私に向かって差し出してくる。これはさすがに恥ずかしすぎる。いやすごく美味しそうだけどどうせ甘すぎてもう食べたくないとかなんだろうけど、ついでに誰にも気にされないみたいだけど、これは他人とか関係なく恥ずかしい。でもそれを伝えたら意識しているみたいだし、どう言うべきか……。

「おいシャノン、垂れるぞ」

「わーわー！　もったいない！」

シロップとアイスがたっぷりかかったクレープが、フォークの上でとろりと落ちそうになっていて反射でかぶりついてしまった。……いや、これはさ。

「……もう食べないんだったら、お皿ごとくださいよ」

「さすがに自分で取ったものは自分で処理する、分けてやっただけだ」

「処理って言ってる時点で無理してるでしょう」

「してない。美味かっただろう」

「まあ、美味しかったですけど。そう言うならあとは全部自分で食べてくださいよ」

私はわざと少し呆れたような声でそう言って、そっぽを向いた。頬がにやけていたら困るからだ。

「……」

「……エヴァン？」

「もう一口食べるか？」

「お皿ごとください」

眉間に皺を寄せたエヴァンは、今度は素直にお皿ごと渡してきた。やっぱり甘くて食べきれなかったらしい。何で食べられないものを貰ってくるのだろう。お菓子の置かれた机には、苦めのコーヒーゼリーとかティラミスとかもあったのに。でも、それを言って不機嫌になられても困るので黙ってクレープを食べる。

「……よくそんな甘いものが食べられるな」

「美味しいですよ」

「コーヒーが飲みたくないか、ブラック」

「それは分かります」

「取ってくる」

「あ、私も一緒に行きま――」

《がじゃああああ！》

一緒に行きますと言いたかったのに、私の言葉は何かが崩れるような大きな音でかき消されてしまった。音が聞こえたと思うと、次に衝撃のようなものが体に響く。

けれどそれは一瞬の出来事で、何があったのかを全て理解できた時には何故か私はエヴァンに抱き上げられていた。俗に言うお姫様抱っことというものではなく、こう、肩に担ぎ上げられるような感じだ。

「シャノン、怪我はないか？」

「だ、大丈夫、ですけど……。え、何があったんですか？」

私を下ろしたエヴァンは黙ったまま会場の中央を指さした。

「何、あれ……」

それしか言葉が出なかった。会場の中央には瓦礫の山ができていて、その上に誰かが立っている。男の人だ。あんまりにも異様な光景だった。ついさっきまで、学生生活最後のパーティーを楽しんでいたというのに、これはどういうことなんだろう。理解が追い付かない。あまりの光景にふらつく私の肩を、エヴァンが支えてくれた。

「心配するな、何も問題はない」

「いや、問題はあると、思うんですけど……」

おそらく瓦礫は屋根や天井のそれだ。下敷きになった人や怪我をした人はいないのだろうか。そもそも、あの中央に立っている人は何なのだろう。耳のあたりで切り揃えてあるきらきらとした金色の髪と青と紫が交じったような複雑な瞳と、彫刻が動き出したと言っても過言ではないその完璧な体躯があんまりにも現実離れしていて異様だった。

でも一番おかしいのは、こんなに異常で怖くて仕方がない状況なのに、ひどく落ち着いている私自身なのかもしれない。エヴァンが支えてくれている肩が温かいせいだと思う。そんなよく分からない状況の中で、瓦礫の上に立った人が喋りだした。

「さて、はじめまして、こんばんは、皆さん。ご卒業おめでとうございます。騒がせてしまって申し訳ない」

その声は、なんと表現すべきか分からないものだった。無理矢理に表すのであれば、重圧そのものが音になったような、大きくないのに世界に響くような、そんな声だ。

誰もその声の主を止めることはできなかった。彼を止めるべきではなかった。そんなことをただの人風情がしていい筈はない。そんな畏怖の感情が自然に湧いてくる。おかしなことだ。この場には、為政者もいれば権威ある魔法使いもいる。それなのに、あの人に逆らってはいけない。そんな空気が会場を包んでいた。

そんな会場の様子など何も気にせずに、瓦礫の上の人は明るくにこりと微笑み口を開いた。

「用が済んだらすぐに出ていきますので、手間は取らせません。今年の卒業生の中に今回、純白の魔石と漆黒の魔石を作り上げた方がいる筈です。私はその方々を迎えに来ただけですので」

え……？

そこでやっと私の心臓が正常に騒ぎ出した。どっと汗がにじむのを感じる。魔石とはなんのことなのか分からない。分からないけれど、私のドレスのポケットには、真っ黒なガラス玉があるのだ。

「シャノン」

「エヴァ――」

「はい！　アタシです、アタシ！」

私が無意識に助けを求めてエヴァンの手を掴んだのと、甲高い声が会場に響き渡ったのはほとんど同時だった。

「ほ、本当だったんですね！　竜王陛下の血を引く方が、綺麗な色の魔石を作り上げた魔法使いを迎えに来るって！」

甲高い声は、サラのものだ。遠目から見てもとても興奮していて、顔は真っ赤で息も荒いことが分かる。サラの言っていることは分からないが、この緊迫した状況下でよくああも自由に動けるものだと感心してしまった。そんなサラに、未だ瓦礫の上にいる人が首を傾げた。

「貴女は？」

「アタシ、サラっていいます！　貴方様が迎えに来てくれるのを待っていました！　アタシこそが選ばれた人間だもの！　純白の魔石なら、ほらここに！」

「確かに、それは純白の魔石――」

瓦礫の上にいた人は、徐々に笑みを消しながらサラに近寄っていく。彼が一歩進む度に空気が重くなっていくような気がした。

「――の、なりそこない」

「……え？」

「誰からこれを奪ったのです？　魔石は、三年間決して手放してはいけないもの。ずっと肌身離さずとは言わないまでも、せめて傍に置いておかねばならない。でなければ、魔力が定着せずにただのガラス玉に戻ります。……持ち主が手放して、半日以上は経っていますね。もう、このガラス玉は魔石にはなり得ません」

「そ、そんな、これは、あの、アタシのもので、そんな筈は……」

「まだ言いますか。ここまでくると逆に感心しますよ」

「ひ……っ」

大きな歩幅で歩み寄ってくる人に、サラは顔色を失くして後ずさっている。サラが何か危害を加えられそうなのに誰も動けない。助ける義理もないけれど見放すのも寝覚めが悪いと足に力を込めたが、それはエヴァンに止められた。

「大丈夫だ、かなり怒っているが奴も殺しはしない」

「でも、エヴァン……！」

「それにほら、そういうのは〝大人〟の仕事だ」

エヴァンは私の方を見ないでそう言った。その視線を追うと、人々をかき分けてサラたちのいる中央に歩み出てきた理事長先生がそこにいた。

「申し訳ございません、閣下。全ては我々の不手際でございます」

理事長はサラに詰め寄っていた人の前で跪き、そう許しを請うた。サラは急いで理事長の後ろに回り込んだが、過呼吸にでもなっているのか息を荒くして胸を押さえている。

「そうですね。それで？　この不手際は、どうするつもりです」

「……該当者に新たな魔石の種を渡し、我々のできる限りのサポートを」

「この盗人は？」

「厳正なる処罰を」

「……まあ、信頼してもいいでしょう。私の怒りはおさまりませんが、どんなに怒り狂ったとしてもこの魔石のなりそこないが元に戻ることはない。ええ、例えばこの場にいる全員を殺したとしても」

「……っ、寛容なそのお心に感謝いたします」

「早くそれを私の目の前から消してください」

「はい、直ちに」

ぞっとするような威圧感と魔力だ。きっとあの男の人は、本当にこの場にいる全員を皆殺しにできるのだろう。至近距離にるサラは腰を抜かして泡を吹いているし、あの世界的な魔法使いである理事長先生も声が震えている。

……それでも、私は恐怖を感じない。焦りのような興奮は感じているけれど、それは恐怖ではなかった。自分が異常なのだとこれ以上自覚したくなくて、そっとエヴァンに耳打ちをしてみる。

「あの、エヴァン？」

「何だ」

「魔石の種って、つまりこのガラス玉のことなんですよね？」

「そうだ。この学園では生徒の自主性を育てるとかふざけたことを言って、何故かその本質を隠しているがな。親が魔法使いなら知っている奴もいただろう」

「……私、母から何も聞いてないんですが。そのもの自体が魔力を持つ魔法石と違って、魔石って魔法使いが使う証明書代わりのものですよね。魔法協会とかで働くのに必要なもので、学園を卒業と同時に渡されるって説明がありましたよね。この後夜祭のあとに貰えるって」

「嘘であり本当だろう。生徒が三年間、肌身離さず持ち歩き魔石の種を魔石にする。それを正式に授与するっていう形なら、嘘にはならない。魔石の種は地域や学校ごとに若干の違いがあるから、どの地域のどの学園を卒業したかが分かるようになっている。だから証明書代わりに使えるんだ」

「……エヴァンのは？」

「大丈夫だ」

大丈夫って何、と言い返そうとしたところで、あの男の人がまた声を上げる。サラは理事長が魔法で持ち上げてどこかに連れて行かれていた。

「さて、それでは本当に純白の魔石と漆黒の魔石を作り上げた方はどちらに？　……純白は、作り直しになりますが」

びくりと肩が震える。

「どうした、シャノン」

「ど、どうしたって……」

エヴァンが不思議そうにこちらを見てくるが、「どうした」はないと思う。だってエヴァンは私のガラス玉が真っ黒になっていることを知っているのに。

確かに何故か私はあの男の人が怖くはない。けれどこの状況下で呼ばれることには恐怖を感じる。人前に立つのは嫌だ。どうしても行かなければいけないのだろうか。それに今更だけれど、そもそもあの男の人は何なのだろう。

ああ、混乱してきた。そんな私を余所に、向こう側から声が上がる。男の人でも、理事長先生でもましてやサラでもない、知った人の声だった。

「その白いガラス玉はわたしの物、の筈です」

そう言ったのは、ヴァイオレッタだった。眉間に皺を寄せながら、あからさまな警戒を男の人に向けている。ひゅ、と私の喉が鳴った。どうしよう、ヴァイオレッタがあの男の人に何かされでもしたら――。

「シャノン、大丈夫だ。あいつがヴァイオレッタに危害を加えることはない。一度落ち着け」

「で、でも、でもエヴァン……！」

私たちが話をしている間に、男の人がヴァイオレッタに近づく。正直、サラは自業自得だったけれど、どうしてヴァイオレッタが。疑問は尽きなくて、でもエヴァンに腕を掴まれているから傍にもいけない。

そうこうしている内に、白いガラス玉を持った男の人はヴァイオレッタの目の前まで来ていた。

「確かに、これは貴女のもののようですね。お名前をお伺いしても？」

「……その前に、ご自身が名乗るべきではなくて？　貴方は誰で、何の為にここに来たのか。何故わたしを呼んだのか、その説明を先にするのが筋というものだわ」

「おや、気がお強い」

「よく言われるわ」

そう言って、ヴァイオレッタは目の前の男の人を睨みつけながら髪を耳にかけた。

……っ、強い。そうだ、ヴァイオレッタは強い人だった。でも、この場でそれを言うのは悪手ではないだろうか。そんな意味ではらはらする。相手は、おそらくやる気を出せばこの場の全員を殺せるレベルの魔力を持っている人だ。胃がキリキリとしてきた。

「そうですね、貴女の仰る通りです。私の名はクライヴ。さっきの盗人が言っていたように竜王陛下の血を引く者の一人です。多くの人は我々のことを竜人閣下などと呼びますが、まあ、竜に変身できる、とっても魔力の強い種族の者です」

「竜に変身できる?」

「変身魔法や幻覚で外側を整えているのではなく、竜そのものになれるということです。竜王の血が流れているからこそできる秘術というところですかね」

「……にわかには信じがたいけれど、その竜人閣下がわたしに何の用なの?」

「簡単に言ってしまえば嫁探しです」

「は?」

ヴァイオレッタと同様に、私も心の中で「は?」と思った。竜王陛下の血を引いている竜人閣下? 竜に変身できる? しかも目的は嫁探し……? クライヴと名乗ったあの人の説明は、私の理解の範疇を軽々と超えていて眩暈がする。

けれど、ヴァイオレッタは気丈に腕を組んでみせた。

「さっきのサラっていう子がなりたそうにしてたわよ」

「我々にも選ぶ権利というものがありまして」

「それは、わたしにだってあるわよ」

「……本当に気がお強い。非常にイイですね」

「気持ち悪……」

ヴァイオレッタがこれでもかと顔を顰めたのに、クライヴと名乗った人は何故かにこにこと笑っている。心なしか恍惚としたような目をしている気がするのはさすがに気のせいだと思いたい。それにしても、竜王陛下の血を引く者というのは本当だろうか。……いや、彼の魔力や理事長先生の対応からみて、本当なのかもしれない。

「まあ、あとでもう少し話をしましょう。もっと落ち着ける場所で、二人きりで」

「嫌よ、気持ち悪い」

「ところで、お名前は？」

「言いたくないわ」

「では、またあとで」

何だか、場の雰囲気がさっきと全く違うものになった。何というか、説明は難しいが先程までの張りつめた空気はなくなっている。クライヴと名乗った人は、どこか浮かれたような足取りで私たちの方を振り返った。目が合った訳でもないのに、その動作にびくりとする。それは恐怖というよりもちょっと変な人を見ているような感覚で、会場いる人たちもそんな感じを醸し出していた。

「この場にはもう一人、漆黒の魔石を作り上げた方がいる筈です。さあ、前へ」

「……」

「おい、シャノン、何してる。さっさと行け」

黙ったままでいると、エヴァンが私の背中を突いてきた。まさかエヴァンがこういうことをしてくるとは思っていなくて、びくりとする。それでも何とか、小声の範囲で彼に向かって叫んだ。

「何でそんなこと言うんですか？　私がどうなってもいいんですか!?」

「心配はいらない、どうにもならん。クライヴ、こっちだ！」

「おや」

「――っ！」

ひぃっという悲鳴は、喉の奥で潰れてしまった。更に、その音が引っかかって息ができない。皆の注目が集まっている。どうしよう、どうしたら。

「エヴァン、久しぶりですね。元気そうでなにより」

「思ってもないことを」

「それは穿った見方というものです。お前ももう成人なんですから、そろそろ言葉の使い方を覚えなさい。で、そちらが漆黒の？」

「ああ」

今目の前で何が起きているのか、頭が理解するのを拒んでいるような気がする。しかし何にせよ、どうしてエヴァンとあの乱入者が会話をしているのだろう。やはり恐怖は感じていないのだけれど、注目を浴びているのが落ち着かない。

「……あの、エヴァン？　お知り合いなんですか？」

こそりとエヴァンにだけ聞こえるような声で話したのに、この疑問に答えたのは彼ではなかった。

「ええ！　我々は遠い遠い親戚のようなものですよ、漆黒の人。これからどうぞ、よろしく！」

「こ、これから……？」

「ちょっと、シャノンに近寄らないで！」

「おや、エヴァンの漆黒は私の純白と仲がいいのですか。何かしらの運命を感じますね」

「ないわよ、そんなもん！」

返答に困惑していると、今度はヴァイオレッタが乱入者の後ろで声を荒らげた。私を庇ってくれているのだ。でも、もう、何が何だか。

今日は、卒業式だった筈だ。三年間過ごした学舎を離れ、皆が旅立つことを祝う日だった筈だ。お祝いの後夜祭では、最後だからと少し羽目を外して楽しむ、そんな日だったのに。

くらくらする頭を押さえると、そんな私をまたエヴァンが支えてくれた。

「エヴァン……」

「大丈夫か？」

「……あんまり大丈夫じゃないです」

「そうだろうな。その、悪い」

「悪いと思っているなら、せめて説明を求めます」

「分かった」

じとりと睨みつけると、さすがのエヴァンも気まずそうにしていた。私が注目を浴びたくないと思っているのを、一応は覚えてくれているらしい。それにしてはせっつかれたが。

一連の流れからして、なんとなく察しはついた。これが、エヴァンが昨日言っていた『真実』というやつなのだろう。けれど、彼の事情やこの状況は、彼の口から説明を貰わなければいけない。そうでないと納得ができない。私は、大事な母のお下がりのドレスの裾をぎゅっと握った。

「おい、クライヴ、ヴァイオレッタ！　行くぞ！」

「どこによ!?」

「理事長室だ」

「なんでよ!?」

「何でもだ、説明が必要だろう」

「当たり前でしょう！　大体何で、アンタがシャノンと一緒にいるのよ⁉」

「説明するから、来い。クライヴはそこ直してこいよ」

「ああ、そういえばそうですね。……では、皆さん、お騒がせしました。よい後夜祭を」

クライヴと呼ばれた人は、指先一つで突き破った屋根とその破片を直してしまった。不機嫌を隠しもしないヴァイオレッタはそれを見もせずにホールから出ていくが、彼は笑いながらそんな彼女を追っていく。おそらく言われた通りに理事長室へ行ったのだろう。そして、私とエヴァンも理事長室へ向かった。背中に視線が刺さるのを感じたが、もう学園に来るのもこれで最後なのだからと割り切って無視をすることにした。

6……卒業式当日・後……

三年学園に通っていたけれど一度も入ったことのなかった理事長室には、高級そうな調度品やソファが置いてあって随分緊張したけれど、すぐにそれどころではなくなった。ちなみに理事長は一度だけ顔を出してくれたが、すぐに『お好きにお使いください』とだけ言うとすぐに出て行ってしまった。何でも、やることがあるらしい。まあ、後夜祭や来賓たちへの説明、サラの件などの事後処理がたくさんあるだろうから仕方がないだろう。

「それで、この状況の説明をさっさとしてくださるかしら」

「ええ、私の純白、今すぐに！」

「貴方には聞いていないわ」

「ヴァ、ヴァイオレッタ……」

私の隣に座るヴァイオレッタが、苛々を隠さずにクライヴさんを睨みつける。クライヴさんはニコニコとしていたが、どうしたらいいのか分からず狼狽える私を見かねてか、目の前に座っているエヴァンが助け舟を出してくれた。

「……俺から話そう」

「そうして頂戴」

こうして始まったエヴァンの説明は、神話の補足のようなものだった。

竜王とは確かにこの世界を創った創造主だったが、けれど永遠の命は持っていなかった。しかし竜王の魔力がなければ、この世界はすぐに形を失ってしまう。せっかく創った世界が消えてしまうことを惜しんだ竜王は、子孫をもうけることにした。世界を創るよりは簡単だろうと思われたそれは、しかしどうにもうまくいかなかった。世界を創った時に、魔力を使いすぎたのが原因だったらしい。

では、世界にいつの間にか湧いていた動物たちのように番を娶ればいいと竜王は考えた。けれど竜王は一体のみで生じたので、対になる生き物などいない。何年も考え抜いた竜王は、自身のほかに高度な知性のある生き物が世界に生じていたことを思い出した。それが人間だ。竜王は人間の娘を娶り、五体の子を作って死んだ。

五体の子どもはそれぞれ、火、水、土、光、闇の属性を持ち、竜王と同じく竜の体を持っていたが、人間の体も持っていた。彼らは竜でもなく人間でもない自身たちを、竜人と名乗った。エヴァンたちはその子孫なのだという。

五体の竜人は魔力でもってこの世界を保つ存在だが、竜王と同じく永遠の命は持っていない。むしろ人間の血が入ったからか、長生きな人程度の寿命しかなかった。だからこそ竜王と同じく人間を娶り、竜王の血を残し続ける必要があったのだ。

そして、私とヴァイオレッタは、エヴァンとクライヴさんの花嫁に選ばれたそうだ。そこまで聞いて私は話を理解しようと頭を抱えたが、ヴァイオレッタは怒りのままに声を荒らげた。

「納得できる訳がないでしょう、ふざけないでよ！」

「ふざけてはおりませんとも、私の純白」

「わたしの名前は純白じゃないわ！」

ヴァイオレッタはクライヴさんに向かってぎゃんぎゃんと叫んでいるけど、クライヴさんはやっぱり何故か嬉しそうに微笑んでいる。……多分、この人、ヴァイオレッタがかまってくれてるのが嬉しいのだ。内容はどうでもいいのだろう。

私はゆっくり息を吸って、ゆっくりと吐いた。これは母の教えだ。どんな状況下でもパニックに陥ることなく、できる限り落ち着いて行動すること。大きな魔力を持っている人間が混乱のまま暴走することがないように。私はまだまだ未熟で、冷静でいられないことも多いけれど、今は取り乱している場合ではない。

「ヴァイオレッタ、落ち着いて」

「で、でも、シャノン！」

「お願い、聞きたいことがあるの」

「……分かったわ」

ヴァイオレッタがソファに深く座りなおすのを確認して、私はエヴァンに向き直った。

「エヴァン、サラが言っていたことは本当ですか?」

「……あの女が、何か言っていたか?」

「『竜王陛下の血を引く方が、綺麗な色の魔石を作り上げた魔法使いを迎えに来る』と言っていました。つまり、貴方たちは〝綺麗な色の魔石を作り上げた魔法使い〟が目的なんですか?」

「違う。正確には、自分と同じ色の魔石を作り上げた魔法使いだ」

「自分と? エヴァンは既に魔石を持ってるんですか?」

私の問いに答えたのは、クライヴさんだった。

「いいえ、漆黒。我々には魔石など必要ないのです。同じ色というのは、竜の姿のこと。私は真っ白な竜で、エヴァンは真っ黒な竜なのです。貴女が仕上げた魔石のように。どういう訳か、エヴァンは自身の竜の姿を嫌っているようですが」

クライヴさんのその言葉に、エヴァンはむっつりと口を閉ざした。その態度が既に肯定しているようなものだ。竜の姿の話ももっと聞きたいけれど、今はほかに聞くべきことがある。私はそのままクライヴさんに質問を投げた。

「では、もう一つ。貴方たちの花嫁に選ばれて、それを拒否することは可能ですか?」

「不可能ではないかもしれません。が、前例がありません」

「それは、貴方たちの血統が途絶えたら世界が崩壊するからですか？」

「……漆黒は賢いですね。それに関しては、否定も肯定もできません。すぐにどうにかなるとは思えませんが、確かに我々竜人の血筋が一部でも途絶えれば、何かしらの影響はあるでしょう」

ふむ、と、頷いて、ヴァイオレッタの方を向く。彼女は顔にはでかでかと、腑に落ちないと書いてあった、私もそうだ。いやきっと、エヴァンにこのことを隠されていたというのも、影響している。

……でも。

「でも、ヴァイオレッタ。クライヴさんについて行けば、少なくとも家に連れ戻されることはなくなるんじゃないですか？」

「そういう問題じゃない！ ……って、言いたいけど、それはわたしもちょっと思ったぁ！」

ヴァイオレッタは頭を抱えて顔を顰めた。私にもひどく打算的なことを言っている自覚はあるが、彼女もそれを考えてしまったのだろう。だって、娘の進路を勝手に変えてしまうような両親の所に帰るよりはマシではないかと思ってしまうのだ。

「もう、深く考えるのはちょっと置いておいて、ついて行っちゃいます？」

「……シャノンは何でそんなに、あっちに協力的なの？」

「いや、なんかもう無理そうですし……」

上手く説明できないけれど、無理そうなのだ。逃げるのも断るのも、どうにも現実的でない。それくらいエヴァンとクライヴさんの魔力は圧倒的だった。並みの魔法使いなら近くにいるだけで圧迫感を覚える筈だ。しかも、おそらく二人ともこれで魔力を抑えている。そういう感覚は肌で分かるのだ。ヴァイオレッタだってそのくらい分かっているだろうに、理性的な部分がどうにかならないものかと考えずにいられないのだろう。

「こんな訳の分からない状態で諦めないでよ！」

「……でもね、ヴァイオレッタ。私、あのランチした日に本当は貴女のこと連れて逃げてあげたかったんです。子どもで、力のない自分が惨めでした」

「……シャノン」

私は、ヴァイオレッタがどれだけ頑張って就職を決めていたのかを知っている。自国以外で魔法使いとして就職するのは、そこまで珍しいことではない。しかし、教員となると話が変わってくる。

魔法学校の教員はその土地の風土や歴史を交えた魔法を教えなければいけないので、自国出身者が有利になってくるのは当然のことだ。しかしヴァイオレッタの両親は初め、教員であれば他国での就職を認めると言っており、実家を出たかった彼女は死に物狂いで勉強をして就職を勝ち取った。

それなのに、ヴァイオレッタの両親は約束なんて初めからなかったみたいに、簡単に彼女の就職を潰したのだ。彼女の両親は自国では権威と呼ばれる古代魔法の使い手らしい。魔法協会にも顔が利くらしいから、きっと一言で終わるようなことだったのだろう。

私はただの友人で、本来、こんなことに口を出すべきじゃないのかもしれない。けれど、やっぱり、そんな人たちのところにヴァイオレッタを帰したくはない。

「今の状況は偶然ですけど、でもやっぱり、ヴァイオレッタはご両親のところに帰るべきじゃないって思うんです。……ヴァイオレッタは諦めない人だから、もしかしたら自分で状況を変えられるかもしれないけど、それでもわざわざ辛い思いをさせたくない」

「……そんなふうに思ってくれてたんだ」

「あと、私、既にエヴァンと契約しちゃってるっぽくて……」

昨日、エヴァンが深刻そうに言っていた『約定』とはこのことだろう。竜人という存在が本当であるなら、私は高位の存在と契約をしてしまっている状態になる。魔法使い同士であっても、人同士の口約束ならそこまで大事にならない。けれど、魔法生物とのそれであるなら話が違ってくるのだ。竜人を魔法生物としていいのかは、また考察するとしても、『エヴァンの故郷について行く』という口約束は『約定』であり『契約』だ。破ったらどんな目に遭うか分からないし、そもそも破れなそうである。

そこまで聞くと、ヴァイオレッタは口調を早めた。

「うんうん、だよね。エヴァンと絶対、何かあったよね。むしろ貴女たちが名前で呼び合う仲なのもわたし今日初めて知ったの。シャノンが〝さん〟付けしてないのも気になるしさ。わたし、そっちを先に詳しく聞きたいなあ」

「それはおいおい。おいおい話しますから、ね。それにほら、彼ら親戚っぽいですし、ついて行ったら今後も私たち一緒にいられますよ」

「わたしも実はそれ思ってたけど！」

そう叫んで、ヴァイオレッタはまた頭を抱えた。正直、私も一緒に頭を抱えたかった。私が話したことは、何というか全て子どもの理屈なのだ。それは自分でも理解している。友だちと離れなくても済むから、ヴァイオレッタが嫌なことをしなくて済むから、と人生の選択をさせようとするなんて、まともな大人が考えるようなことじゃない。

「あの、ヴァイオレッタ……」

「分かった！」

「え？」

ヴァイオレッタは大きな声で叫ぶと勢いよく顔を上げた。

「とりあえず、シャノンはもう契約をしていて、エヴァンと一緒に行くことは決まっているのね？」

「え、ええ……」

「じゃあ、分かった。わたしも一緒に行く。心配だし、実家帰りたくないし！」

「え」

説得をしておいてなんだが、そんなに自棄になっていいのか。そう私が聞く前に、クライヴさんが立ちあがって声を上げる。

「ああ、私の純白！　決断してくれたのですね！」

「アンタの為じゃないの分かってる？　わたし、今、高次の存在である竜人閣下に対してかなり無礼を働いている自覚はあるのよ？」

「貴女が私と一緒に来てくれるというのなら、動機などなんでもよいのです。誤差の範疇ですよ」

「あっそ、アンタがそれでいいなら、わたしには都合がいいからいいわ。でもそういえばアンタたち、家は近いんでしょうね」

「近くはありませんが、まあ、貴女が望むならそうしましょう」

「そう、じゃあよろしく。聞きたいことはまだ山ほどあるんだけど、ありすぎるからとりあえず一つだけいいかしら」

「どうぞ」

ヴァイオレッタは、ほとんど睨みつけるような視線をクライヴさんに向けた。対するクライヴさんは座りなおして、やはりにこにことしている。私はそんな二人の会話にハラハラしながら、エヴァンを盗み見た。エヴァンもこちらを見ていたようで一瞬視線が合ったけれど、すぐさま外されてしまう。不思議に思ったけれども、追及はできなかった。

「魔石のことよ。シャノンの魔石は今夜完成するとして、わたしの魔石は完成しなかったわ。もう一度作り直して同じように真っ白の魔石になるか、なんて保証はないんじゃないの？　そもそも魔石って魔法使いの証明書以外に使い道がない筈だけれど、あんなに怒る程の何があるの？」

「魔石は必ず同じ色になりますよ。あれは生まれ持った魔力の色を映しているだけですからね。確かに人が見る分にはどんな性質の魔力を持っているか、どの地域・学園の出身なのか程度の証明書にしかならないでしょうが、我々の場合、あれがないと子どもが作れないんです」

「繁殖方法が人間と違うの？」

「ヴァ、ヴァイオレッタ、そんなデリケートなことを……！」

「こら、シャノン。恥ずかしがらないの、大事なことよ」

そうぴしゃりと言われてしまえば、黙るしかない。確かに大事なことだ。

でも、そうか……。花嫁は次の竜人を生まないと世界が崩壊するかもしれなくて、それで。あ、あれ、つまり私が、エヴァンの子どもを？

彼らの説明を聞いて、分かったつもりでいたのに現実味が一気に押し寄せてきて頬が熱くなる。

「そうですね。安心してください、繁殖方法は同じですとも。ただ事前準備であれを花嫁の腹に仕込――」

「分かった、もういいわ」

「え、え、ヴァイオレッタ？　ど、どういうことです？」

「あとでエヴァンに聞きなさい」

「まあ、その方が無難ですよ、漆黒」

　ヴァイオレッタとクライヴさんは何故か急に意気投合して、話を止めてしまった。事前準備で……のところで、ヴァイオレッタが止めに入ったからよく聞こえなかったのに。でもまあ、やっぱりデリケートで大事なことだし、また今度ちゃんと聞いておこう。

「さて、我らが花嫁たち。一応の説明がこれで終わった訳ですが、ほかに何か聞きたいことはありますか。なければ、そろそろ我々の巣にご案内したいのですが」

「待って、まさかこれからすぐに一緒に住むってこと？」

「その通りですよ、私の純白。けれど、貴女が私を受け入れることを納得しないのであれば、決して何もしませんよ。我々はそういうところは動物的なんです。動物というのは大抵の場合、雌側に決定権があるでしょう？」

「言い方が引っかかるけど、まあ、分かったわ。消極的な選択ではあったけれど、ついて行くことを決めたのはわたしだもの。あ、でも魔石の種が……」

「さきほどの女性から既に貰っていますので、あとで渡しますよ」

「そう。じゃあ、わたし荷物ないし、このまま連れて行ってもらって構わないわ」

「え、ヴァイオレッタ、いいんですか？」

「ええ、いいの。条件だけなら、あたしにとっても得が多いからね」

思わず声をかけてしまったけれど、ヴァイオレッタは何でもないことみたいにあっけらかんとしていた。さっきまであんなに騒いでいたというのに、こうと決まったら思い切りがいいのが彼女らしい。

『外のものは何も持って帰ってくるな、身一つで帰ってこい』とか言われてたから、もうこの姿で帰ってやろうと思ってたのよ。この学園で使ってたものは全部処分したし、皆で買ったお揃いのペンとハンカチはポケットに入れてあるから大丈夫」

「それなら行きましょうか、私の純白。では、エヴァン、漆黒、お先に」

クライヴさんはヴァイオレッタの手を取ると、移動魔法を使った。閃光のような眩しい光が一瞬だけ理事長室に溢れる。目を開けると、二人はもういなかった。

「……」

「……」

残された私たちは、どうしてなのか分からないけれどお互いに暫く黙り込んでしまった。何から話せばいいのか、そんなこと今まで考えたこともなかったのに。でも、いつまでもこのままでもいられない。私は、ぎゅと唇に力を込めた。

「……えっと、私は、荷物取ってきていいです？」

「ああ、俺も行く」

「女子寮なんですが？」

「行く」

「……私の部屋だけですよ」

「当たり前だろうが」

エヴァンは何をふざけたことを、と言わんばかりに眉間に皺を寄せた。さっきまで黙っていた癖にどういう感情なんだろう。

「そんな顔しないでください。あ、でもその前に理事長先生にご挨拶とか」

「いい。放っておいてもあっちから来るだろう」

「……そういうものなんですか」

「そういうものだ」

「えっと、じゃあ行きますよ」

世界的な魔法使いに対して、そんな言い草なのか。なんだか、王様と召使いって感じだ。本当の王様なんて知らないけど。……私は本当にすごい人に嫁ごうとしているらしい。いや、うん。今は考えないようにしておこう。

考えないでおこうと思ってもどうしても意識をしてしまって、エヴァンの手でなく裾を掴んで転移魔法を使う。

理事長室から私の使っていた寮の部屋へ。理事長室が明るかったから、灯りを落とした部屋は月明かりがあるとはいえ余計に暗く寂しく感じた。備え付けのベッドの横に置いてある小さなトランクが、私の荷物の全てだ。着替えは必要ないと言われたけど三日分の服と貴重品、思い出の品などが入っている。

「このトランクか？」

「え、ええ、そうです」

エヴァンは、トランクを拾うと私に向かって手を差し出した。改めて、彼がこの部屋にいる違和感がすごい。

「じゃあ、俺たちも行こう」

……でも、思い返せば、やっぱり変な話だ。

今まで飛びぬけて優秀ではあったけれど、普通の同級生だと、そして大切な友人だと思っていた人が竜王陛下の子孫で、私はその人と結婚することになるらしい。ヴァイオレッタたちと一緒に話していた時は平気だったのに、納得したつもりだったのに。何だろう、やっぱりすごく、落ち着かない。

「……シャノン」

ざわり、と肌が粟立つ。多分、エヴァンが魔力を放出しているのだ。空気が重くるしい。でも、その手を取る気になれない。いや、何を今更。ヴァイオレッタは先に行ってしまったのに。エヴァンと一緒に行く以外は許されないのに。

「シャノン、お前は俺と約定までした。拒否など――」

「だって！」

「……っ」

でも！　だって！

「私、プロポーズされてない！」

「そっちか⁉」

「そっちもどっちもないでしょう⁉　つ、付き合ってとかも言われてない！」

「それは……」

「クライヴさんは今夜いきなり来たからあれですけど！　エヴァンは三年間、私と一緒にいたのに！　思わせぶりなことばっかりして！　言葉の一つもくれないで！」

「……」

「わ、私、故郷に来るかって言われて、びっくりしたけど嬉しかったの！　でも！　エヴァンは私のこと友だちだって思ってると思って、だっ、だから、自惚れちゃ駄目だって、ずっと苦しかったのに……」

駄目、こんな時に泣いては駄目だ。吐いてしまった言葉たちだって、言ってはいけないことだったのに、これ以上は駄目だ。駄目なのに、頬を伝っていく涙が熱い。ついさっきまで楽観的に、ヴァイオレッタにだってあんなに気軽に一緒に行こうと言ったのは私だ。エヴァンと一緒に行く気がなくなった訳じゃない。世界がどうとか、そういうのもあるけど、それ以前に彼と一緒に行きたいと思っている。

それなのに、でも、ああ、苦しい。エヴァンは、初めから私を連れて行くつもりだったの？　私のガラス玉を何度も見ていたのは、花嫁を探していたから？　どうしてギリギリまで何も言ってくれなかったの？　どうして、竜人のことを教えてくれなかったの？　せめて、一言、何か言ってくれていたら……。

ああ、もう、支離滅裂にも程がある。ヴァイオレッタだって、エヴァンたちの故郷できっと私のこと待っていてくれている。エヴァンにも謝らなくちゃ。さっきまで訳知り顔で、冷静に話せていたのにきっと吃驚してるだろう。約定と契約は破れないし、世界の安定に比べたら私の気持ちなんてどうでもいいんだ。

「……あの、ごめ――むぐっ」

いきなりに顔を押さえつけられて、謝罪の言葉は途切れてしまった。いや、押さえつけられたんじゃない。抱きしめられてるんだ。後ろで、何かが落ちる重そうな音がした。

「悪かった」

「む、え……？」

「意気地がないくせに、許されているからと調子に乗った。本当に、すまなかった」

エヴァンの声が、萎れている。自信家で皮肉屋の彼はいつだって堂々としていて、それは声にも表れていた。そんなエヴァンが、こんなに素直に謝るなんて、正直なところ思ってもみなかった。

私の鼻が、すんと鳴る。あんまりにも驚いたからか、涙は止まっていた。

「……エヴァンって、謝れるんですね」

「おい」

驚いたついでに、落ち着いてしまった。今更ながら、癇癪を起こしたみたいで恥ずかしい。みたいというか、起こしたのだけれど。

「許してあげてもいいですけど」

「……けど、なんだ」

「せめて、形だけでもいいから、なんかこう、ないんですか。愛の告白みたいなの」

恥ずかしさのあまりこの場をどうにかしたくて咄嗟に出た言葉は、見事に恥の上塗りを成し遂げた。いや、きっとエヴァンは「馬鹿を言うな、もう行くぞ」と言ってくれる筈。そう、エヴァンが私に愛の告白なんてする訳――。

「……好きだ」

「ひぁ」

「初めて見た時に、シャノンが俺の花嫁なんだってすぐに分かった」

「あ、そ、そう、ナンですか」

頭が真っ白になるとは、こういうことだ。こんなことを言う人だとは、思ってなかった。何とか返事をしたものの、私の声は変に裏返っていて不格好なことこの上ない。

「だが、初めは無視をしようと思った」

「え……？」

「……俺は、竜の自分が嫌いなんだ。あんな醜悪な姿を自分だと思いたくなかった。花嫁を求めるのは竜の本能だから、無視しようと、思った」

「……」

「何故竜人なんかに生まれたのか、何故普通の人間に生まれなかったのか。そんなことばかり考えていた。どうしようもないことを、ぐだぐだと、ずっと。本能に抗おうともしたんだ。……結局、成功しなかったが」

私の背中に回った手に力がこもって、少し痛い。でも、エヴァンの動揺のあらわれみたいで、放してほしいとは言えなかった。

「巻き込んで、すまない。だが、シャノンでなければ駄目なんだ……！」

力のない声のわりに、腕の力は強いままだ。……言いたいことが多すぎて、どれから話せばいいのか。でも、これだけははっきりさせておかないと。

「エヴァン、貴方……。重苦しく考えすぎです！」

「重苦しい話題なんだよ！　何なんだ、お前はさっきから！　さっきまで泣いてたくせに！」

「泣いてません！」

「泣いてた！」

「泣いてません！　ちょっと緊張とか怒りとかが、いっぺんに来ただけです！」

「お前っ、だから、……ああ！　もう！」

暗い部屋の中の、緊迫した空気は一瞬で消え去った。これでいい。このくらいの気安さが、きっと私たちにはまだ合っている。力が抜けたどさくさに紛れて、私はエヴァンを抱きしめ返した。彼の体がびくりと震えたが、気づかないふりをしてあげよう。

「いきなり癇癪を起こしてごめんなさい。貴方の謝罪も受け入れます。ですが、いいですか、エヴァン」

「……」

「私は、貴方の今の気持ちが聞きたいんです。竜人だとか、そういうのは置いておいて、エヴァンは結局私のことをどう思っているんですか。……私が騒いだから、好きだと言ってくれたのなら、それは――」

「違う！」

「……何が？」

「俺は……。俺は、シャノンのことが好きだ。言わされた訳じゃない。……信じてほしい」

「そ、その、友だちとしてとかじゃ」

「ない」

エヴァンは少しだけ腕を緩めて、私の顔を覗き込んできた。……恥ずかしい、けれど、ここで照れている場合ではないのだ。私はまた頬が熱くなるのを無視して、ぐっとお腹に力を込めた。

「私は、エヴァンのこと、ずっと友だちだと思っていました」

「……」

「……そう、思おうとしてました。貴方が私のことを、友だちだと認識しているとばかり思っていたから。恋愛感情なんて持ってしまったら、きっと今のままではいられないから。あの関係が心地よくて、意気地がなかったのは私も一緒なんです。……私も、エヴァンが好きで、んぎゅ」

言い切る前に、私はまたエヴァンに抱きしめられた。やっぱり苦しいし大事な話も途中だし、さすがに文句を言おうとした時、エヴァンの鼻がさっきの私みたいに鳴ったように聞こえた。

「エヴァン」

「何だ」

「泣いてます？」

「泣いてない」

声が思い切り濡れていたけれど、さすがにそれを指摘するのは大人げない気がしたので止めた。

「初めは、本当にただの男友だちだと思っていました。でも、いつの間にか好きになってたんです。エヴァンは意地悪も言うけど、優しかったから」

「……俺は、一目見た時から好きだった。可愛かったから」

「……エヴァンは、好みが変わってますね」

「シャノンは、世界で一番に可愛い。外見だけじゃなく、中身も」

「え、あ、あの、エヴァン……？」

エヴァンの顔が、そっと近づいてきて、私は。咄嗟に彼の顔を手のひらで押し返した。

「……」

「あの！　ほら！　もう行かないとじゃないですか!?　ヴァイオレッタたちも先に行ってるし!?」

手のひら越しに視線を感じるのだけれど、それでもこの手を外すことはできない。だって、こんなにも恥ずかしい。

「はあぁ……。まあ、それもそうだな」

エヴァンが何かを言いたげに私のことを睨みつけてくるが、いきなりそんな！　そんなことできない！　心の準備ができてない！

相変わらず意気地なしな私にもう一度思い切りため息を吐いたあと、エヴァンは落とした私のトランクを持ち直す。そのため息にはさすがに文句が言えなかった。でも、では、どう振る舞えばいいのか。今にも心臓が破裂しそうなくらいなのに。

「俺も自分の巣穴の方が落ち着けるしな」

「わっぷ！」

ふ、と浮遊感を感じる。エヴァンがいきなりに転移魔法を使ったのだ。

人の転移魔法に相乗りする時は、自身でコントロールができないのでこの浮遊感がいつくるのか分からず少し心もとないような気分になる。これは魔法使いあるあるらしく、魔法が使えない人はこれが普通の感覚なので特に何も思わないらしい。私も転移魔法が使えなかった子どもの頃、母に学校の送り迎えをしてもらっていた時は何も感じてはいなかった。ようは慣れなのだろう。

地に足が着いた感覚がして目を開けると、そこはもう私が三年間を過ごした寮の部屋ではなくなっていた。

「え、え!?　なにここ！」

「俺の巣穴。人間風に言うと、家だな」

エヴァン曰くの〝巣穴〟はおそらく洞窟の中らしく、壁があるべきような場所に岩肌がある。床は平らにされており歩きやすいが、絨毯や木の板張りではないので不思議な感じだ。パーテーションやカーテンのようなもので区切られてはいるが、とんでもなく広い空間に家具や魔道具が配置されていた。

乱雑なようでどことなく規則性があり感じのよい配置は、あの学園で過ごした森の中の秘密基地を思い出させる。そしてこんなにも広いのに、暑くも寒くもないのだ。ここがどこだかは分からないが、温度調節も魔法か魔道具でどうにかしているようだった。

「広い！　魔道具がいっぱいある！　広い！　あっち側ガラス張りなんですか⁉　わ、すごい、星が……！」

洞窟の入り口側だろうか、ぽっかりと空いて一見外と繋がっているように見えるそこは、透明なガラスのようなもので覆われていた。そこから見える星があんまりにも大きくて綺麗で、エヴァンから離れてそちらに行こうとしたのだけれど、それは許されなかった。

「おい、シャノン、探検は明日にしろ。こっちに来い」

「え、え、ええー？」

手を引かれそのままずるずるとソファまで引きずられ、私はやっと現状を思い出した。また意味もなく慌ててしまう私を尻目に、エヴァンはどかりと一人でソファに沈み込む。手は掴まれたままで、けれどその隣に座るのは何故か躊躇われた。

「え、あ、あの、エヴァン。そういえば、ヴァイオレッタたちは」

「クライヴの巣穴だろう。明日には近くに来るだろうが、俺は今の奴の巣穴の場所は知らん」

「そうなんですね、そうじゃあ、えっと」

「シャノン」

エヴァンが下から私を覗き込み、ひどく弱い力で手を引く。耳がかっと熱くなるのを感じながら、私は彼の隣にそっと腰かけた。ああ、胸が煩い。

「シャノン、俺は、お前が俺の巣穴にいてくれるというのなら、ほかには多くを望まない。お前の嫌がることはしないし、望みがあるというのならできる限り叶えてみせる。だからまあ、ちょっと落ち着け」

そう優しく頬を撫でられて、どきりとした。この人はエヴァンなのに知らない人みたいで、でもやっぱり私はこの手の優しさを知ってもいる。

「すみません、やっぱり緊張してしまって……」

「……何となくは分かるが、そんなにあからさまに嫌がられると傷つく」

「エヴァンが傷つく……？　あのエヴァンが……？」

「そういうのはもういい」

じっと睨み合って、どちらからともなく笑いが漏れた。エヴァンが私の髪を耳にかけて、顔を近づけてくる。

「……嫌か？」

「……いいえ」

そっと触れた唇があんまりにも優しくて、私は少し泣いてしまった。

「シャノン……？」

「あ、えっと、これは嫌とかじゃなくて。……エヴァンのことが好きだなあって思って、そしたら涙が、勝手に、あの……んむ」

またむにりと唇を塞がれて、慌てて目を閉じる。エヴァンはやっぱりすぐに離れていって、今度はそのまま私の肩に頭を置いた。一瞬かちりと体が固まったけれど、彼のふわふわの髪の毛が頬に触れて少し緊張が解けた。

「……よかった」

「え？」

「シャノンに拒否をされたらどうしようかと思っていたんだ。化け物なんて嫌だと言われたらと……」

そんなに不安に感じるくらいだったら、初めからちゃんと説明してくれればよかったのに。竜人として生まれたエヴァンの苦悩を私が理解するのは難しいかもしれない。でも、話してくれればちゃんと考えたのに。終わった話ではあるけど、少しだけムッとしながら口を開く。

「……私、ちゃんとエヴァンの故郷に一緒に行きますって言いましたよ。さすがにこんなことになるなんて思ってませんでしたけど」

言いながら、本当にこんなことになるなんて思ってもみなかったと頷く。エヴァンの故郷まで一緒に旅をするつもりだったから、いろいろな場所を見るのも楽しみにしていた。……エヴァンは旅行とか好きだろうか、言ったら一緒に来てくれるだろうか。

「俺の本性が醜いオオトカゲでもか？」

ぼんやりと違うことを考えていたので、慌ててエヴァンを見る。顔を上げた彼は真剣そうな目をこちらに向けていた。

「エヴァンはエヴァンですし、オオトカゲじゃなくて竜人なんでしょう？」

「……学校の石像に蝙蝠の羽をつけたようなものだぞ」

「そうですか、愛嬌があっていいじゃないですか」

「ふ、オオトカゲに愛嬌などと言うのはお前くらいだ」

エヴァンの口角が少しだけ上がってほっとする。いつも自信に満ちている彼を知っているから、その顔の方が安心ができた。

　本性というものが何であれあの学園で出会って、私が好きになったのはエヴァンだ。それに変わりはない。……怒涛の展開に驚いてばかりだけれど、それだけは変わることのない事実だ。

「今度うちのみーちゃんを見せてあげますよ、可愛いんですから。母だって絶対そう言いますから、話を聞いてみてください。……あ、もしかしてここに入ったら一生出られなくなるとかそういう制約あったりします⁉」

「それはないが……」

「よかったです。母には結婚することとか、さすがにちゃんと言わないと」

「……」

「エヴァン？」

「いや……。俺の両親にも会ってくれるか？」

「はい、ふふ、ちょっと緊張しますね」

「そうだな」

　これからのことに疑問はあるけれど、今夜はまあいいだろう。だって、エヴァンの表情があんまりにも優しくて、幸せだから。

7……それから……

卒業をして巣穴に連れて来られて、初めはどうなることかと思っていたものの、人生というものは意外とどうにかなるものらしかった。

「シャノン、もうそのへんにしておけ」

「え、あ、あ！　帰ってきてたんですか？　待ってください、あとちょっと！　あとちょっとだけ！」

「駄目だ」

「本当にあとちょっとだけですから！」

「駄目だ。そう言って前もそのあと延々とやり続けただろうが」

エヴァンは無慈悲にも、私の目の前から道具一式を取り上げた。ああ、ひどい。今夜中に緋色の魔鉱石に月明かりを浴びせたかったのに。

最近、私は魔法薬作りをしている。エヴァンに頼めば、実家でも学園でも手に入らなかったような希少性の高い魔法植物や魔鉱石をいつでも持ってきてくれるのだ。それらを扱うのが楽しくて仕方ない。私の祖母も生前珍しい魔法植物が手に入ると、一日中作業台の前から離れないことがあった。私はきっと彼女の血を色濃く受け継いだのだろう。

しかし、これらの魔法薬は別に誰かに頼まれて作っている訳ではない。そして、特に収入になるからと作っている訳でもない。では、何故かと問われると、とてつもなく暇だったからだ。初めこそエヴァンのご両親に挨拶に行ったり、私の母に結婚の報告をしたり、ヴァイオレッタとクライヴさんの仲裁をしたりと忙しくしていたが、それも一ヶ月もすれば落ち着いてしまった。

「あーあ……」

「大体、こんなにたくさん魔法薬を作ってどうするつもりだ」

エヴァンがこんなに、と指差した先には私が作り上げた魔法薬がずらりと並んでいた。どんなモンスターの毒でも一度だけは無効化できる毒消し、加齢によって衰えた記憶力を復活させる飲み薬、骨折を一瞬で治す塗り薬、体力回復薬に魔力回復薬、その他諸々……。作っている時は楽しいのだけれど、私たちには別に必要のない薬ばかりだ。

「……特に使わないので、理事長先生にあげましょう」

「お前な……」

「だって、作りたいだけなんですもの。使用用途はあんまり考えていません」

「はあ……」

「……エヴァンが忙しいのが悪いんだと思うんですよ」

そうだ、私は悪くない。エヴァンが忙しくしているのが悪いのだ。私は腕を組みながらそっぽを向いた。

竜人というものは、竜王から課せられた仕事がそれなりに多くあるらしかった。この世界の維持が基本的な彼らの仕事で、魔力が枯渇してる場所はないか、異常な力を持った何かが世界を壊しにかかっていないかなどを見回らないといけないらしい。

信じられないことに、この世界は何度か壊れかけたことがあるらしく、その度にやり直しをしてきたそうだ。古代遺跡からたまに出土して騒ぎになるような、明らかに年代に見合わない魔道具や美術品などは、その時の壊れてなくなってしまった文明のものだという。世界が壊れかけるその度に人も動物も植物も何もかもが消えかけ、竜人たちは何度も魔力を与え世界を直していった。

世界が壊れかける理由は様々だが、そのほとんどに人間がかかわっていた。そうであるので竜人たちは現在、人間の監視も行っている。それを手助けするのが、世界聖竜王教会だ。ちなみに、理事長先生も教会の教徒だ。

表向きは創造主たる竜王陛下への感謝と平和に日々を生きる素晴らしさを説き、世界各国で福祉や教育などを行っている世界聖竜王教会だが、その裏では竜人たちに各地の情報をもたらしているのだ。彼らはその見返りに、竜人たちから魔力を貰っている。魔力は専用の魔道具に貯めることができ、それがあれば魔力の少ない人でも魔道具を作ったり使ったりすることができるので、国によっては多額の金銭と交換できるところもある。つまり、世界聖竜王教会は宗教団体の仮面を被った、スパイ集団であるというのだ。私は熱心な信徒ではないけれど、その説明を受けた時はなんとなくショックを受けた。

それでも基本はやはり宗教団体なので、崇拝している竜王の子孫である竜人たちには従順だ。一週間に一度届く大量の貢物には驚いたけれど、竜人たちにはあれが普通のことらしい。

「ヴァイオレッタはクライヴさんについて行ってるから日中いないですし、エヴァンも勿論いないですし。暇なんです」

ヴァイオレッタとクライヴさんは初めの頃に喧嘩ばかりしていた癖に、今では一緒に見回りに行っているのだから不思議だ。ヴァイオレッタは元々歴史に興味があったので、見回りついでに遺跡巡りもしているらしい。

でも、私は連れて行ってはもらえない。……攻撃魔法が下手だからだ。いや、ヴァイオレッタが上手だというだけで、私だって壊滅的に下手という訳ではない。けれど当たり前みたいにエヴァンもクライヴさんも苦手魔法なんてないのだから、私の不得手さが際立つ。防御魔法ならきっとヴァイオレッタより私の方が上手だけれど、見回りに行かなければいけないような地域では攻撃魔法が必要なのだ。

「だが、シャノン。お前、引きこもり生活を楽しんでるんだろう」

「……否定はしません！」

学者みたいにこつこつと魔法薬の研究をするのは楽しい。学園での三年間は平々凡々であることを前面に出していたので、成績優秀者だけが使用許可されるような施設や設備などは使えなかった。今ではそんなこと何も気にしないでいいので、一人で黙々と魔法薬を作っている時間に幸福すら感じている。だから一緒に行けないのは別にいいのだ。でも、それで文句を言われたくはない。これを取り上げられてしまうと、私は本当にやることがなくなってしまう。

「俺も好きこのんで危険な地域に連れて行きたくはないから、それはいい。だが、適宜休憩を入れろ。人間の体は休みなく動けるようにはできていないし、お前は体力がない」

「で、でも、座り仕事ですし……」

「だからなんだ。座っているなら半日以上休憩なしでいいと？」

「お昼休憩はしてますし、さすがにそんなに座りっぱなしじゃないです。大体、エヴァンだって半日も巣穴を空けないでしょう？」

「では、今日は何を食べた？」

「スコーンです」

「へえ、もうなかった筈だがな。作ったのか？」

「んー……」

間違えた。そういえば、スコーンは昨日全部食べたんだった。

「……クッキーは、食べました」

「知っているか、シャノン？　クッキーは菓子だ」

「知っています……」

「ついでに言うなら、スコーンも昼食にするなら微妙だからな」

「ごめんなさい……」

大人が子どもに言い聞かせるように諭されると、何とも言えない気分になる。全面的に私が悪いのだけれど。

「……使用人を雇うべきか、いや、母さんに言ってそういう魔道具を作ってもらうか」

「そういう魔道具ってなんですか⁉」

現在この巣穴にある魔道具は、全てエヴァンの母君の自作である。ふわふわしたような可愛らしい見た目と声に反して、魔道具にかける情熱がすごいのだ。ああいう人を天才というのだと思う。

全自動調理器とか全自動洗濯乾燥機とか全自動掃除機とか、こんなに便利な魔道具があっていいのかと疑いたくなる程度には便利な魔道具ばかり。この巣穴は標高の高い草も生えないような場所にあるが、水やお湯だって魔道具のおかげで使いたい放題だ。ほかにもたくさんの魔道具があって、機能的なものからよく分からない面白いものまで選り取り見取りだった。世界中の本が集まることで有名な図書館の本を一瞬で取り寄せできる魔道具は、私のお気に入りである。

ちなみに、エヴァンの父君は石像のように動かない人だった。義母いわく、緊張で動けなくなるとのこと。ご挨拶に伺った際は、最後の最後でやっと一言『息子を頼む』とだけ言って義母に笑われていた。……竜人にもいろいろとあるらしい。

「シャノンの監視用魔道具だ」

「あ、そういう……。……でも、人は雇わなくて大丈夫ですよ。巣穴に他人が入るの嫌なんでしょう？」

竜人は、十歳になると自分の家、つまり巣穴を持つのだそうだ。そしてその巣穴には、自分と花嫁以外をあまり入れない。親でさえも立ち入らないし、巣穴を持った子どもも親の巣穴にはほとんど寄り付かないらしい。竜人同士や花嫁たちが会ったりするにもどちらかの巣穴ではなく、わざわざ別の場所で会うくらいなのだから相当だろう。

昔は貴族のように人を雇うことをする竜人もいたらしいが、それはその時の花嫁が貴族の娘だったらしく使用人がほしいと懇願したからだそうだ。今は魔道具が発達しているし、使用人が必要になることもないのでそうしている竜人はいない。それに私だって、生活スペースに他人がいるのはきっと慣れないと思う。

エヴァンは私の言葉に頷かず、少し唸った。

「だが、人を雇うのが一番確実な気もする。シャノンの健康には代えられない」

「今後はちゃんと気を付けますから」

「……」

「本当に気を付けます！　私のせいで、エヴァンに嫌な思いはしてほしくないんです……」

「それは信用をしていいのか？」

「してください！」

エヴァンにじっと見つめられるのにも、最近やっと少し慣れてきた。視線を外さずに、見つめ返す。

暫くの無言の後、エヴァンはまたため息を吐いた。

「はあ、約束は破るなよ」

「はい、任せてください」

「監視用の魔道具は作ってもらうからな」

「それは、ええ、甘んじて受け入れます」

ぐりぐりと額を擦りつけられて少し痛いけれど、やっとエヴァンが笑ってくれたのでよしとしよう。

「遅くなりましたけど、おかえりなさい。ご飯にしましょう」

「ん、ただいま」

ぎゅうと抱きしめられると恥ずかしいよりも嬉しいのが勝るようになったのは、いつからだろう。

エヴァンの胸に頬を預けると、とても幸せな気持ちになれた。でも……。

「……エヴァン」

「もう少し」

なかなか放してくれないのは困る。匂いを嗅ぐのも止めてほしい。さっき怒らせたばかりなので強く言えないが、帰ってくる度にこれなのでそろそろどうにかならないだろうか。

「クッキーも焼いたんですよ、シナモンとナッツのやつ」

「ん」

「エーヴァーンー」

「……」

「もう……」

ぎゅうぎゅうと抱きしめられながら、今度は私がため息を吐く。まったくもって困った夫だ。嫌でないのが、更に困る。

「明日だって西の方を見に行くんでしょう？　早く休まないと……」

「あっちはもういい。今日で片付いた」

「そうなんですか、じゃあ、暫くはゆっくりできるんです？」

「ああ、やっと籠れる。だというのに、お前ときたら……」

「まあまあ、とにかくご飯にしましょうよ、ね？」

「そうだな、とりあえず夕食を食べてからだ」

「？　あ、ちょっと、重い！　重いです！」

「俺も我慢してるんだから、お前も我慢しろ」

「何を!?」

エヴァンは私に体重をかけて、何故かまたため息を吐いた。本当に、じゃれ合いの好きな夫を持つと苦労をする。……まあ、楽しいからいいか。

伝説の存在みたいな人との結婚だったから、結婚当初はかなり身構えてしまっていたけれど、結局、エヴァンはエヴァンだった。優しくてたまに意地悪で、でも対等でいてくれる。竜人という人とは別格の存在であるのに、私をきちんと尊重して大切にしてくれている。竜人だの花嫁だの世界だのと、難しいことを考えてしまうこともある。けれど、私がエヴァンを好きだという気持ちは強制されたものではないのだから、私も彼を大切にしていこうと思う。きっと本当はそれだけでいい。これが普通の結婚ではないのは承知しているが、幸せだからいいのだ。

ちなみにこのあと、竜人にとっての籠るという言葉の意味を正確に理解していなかった私が大変な目に遭うのだが、それもいつかは笑い話になるのだと思う。

8…………漆黒の若竜の恋煩い・前編…………

何が、竜王陛下だ。世界を作ってくれなどと誰が頼んだ、誰が望んだ。この不完全な世界でふざけた役割と醜い姿を押し付けられたこの理不尽を、あの化け物は自己満足の為だけに残していった。

俺は割と最近まで、竜王という生き物のことを最悪の存在だと認識していた。今でも決して素晴らしいものだとは思っていない。さすがに子どものように癇癪を起こして親に訴えることはなかったが、どうしても自身に与えられた役割と醜さと本能が受け入れられなかった。特に本能だ。あれが一番ふざけている。

世界を保つ為の役割だけなら、まだ納得はできた。膨大な魔力の使い道もそうなければ、竜人以外の生き物は脆くてほとんどが遊び相手にもならない。魔力と時間はどうせ有り余っているのだから、脆弱な者たちの為に世界を保ってやろうと思う程度の慈悲の心を持てただろう。

しかし、本能だけは別だ。何が「花嫁は一目で分かる」だ。一目で分かって何だと言うんだ。そいつがとんでもない悪女だったらどうするんだ、悪女でなくとも合わないこともあるだろう。病弱ですぐに死んでしまうような女だったら、その女に既に男がいたら。お互いに選ぶ権利もなく、ただ世界を保つ為に番って子どもを作るだけなのだったら、野生動物と同じ程度の知能でよかったんだ。そこに愛だの恋だのとくだらないものまで付随させてこようとするな。何が最愛の花嫁だ、何が祖先竜王からの祝福だ。最上級の呪いだろうが。

さすがに両親にそこまで馬鹿正直に言う訳にもいかずクライヴに話してみれば、奴は数年先に生まれたからと訳知り顔でうんうんと笑っていやがった。

「はは、まあエヴァンにも分かる時がくるんじゃないですか？」

「お前だってもう成人したのに、まだ見つけられていないだろうが。いっそ爺になるまで見つからなかったらどうするつもりだ」

「そういうこともあるかもしれませんが、それはその時になってみねば。全ては竜王陛下のお導き、と言うでしょう」

「それが気に食わないんだ。生死も生き様も全て決められているようで」

「あっはは、可愛いことを言う。さすがに既にいないものにそこまでの決定権はありませんよ」

「おい、その口でさっき全ては竜王陛下のお導きとか言ってなかったか？」

「つまり全ては時と場合によるのです。ほら、肩の力を抜いて、もっと気楽に考えなさい。我々は光と闇で表裏の力を持つ竜だ、力を合わせていかねば。けれどエヴァン、お前いくら闇属性だからといってずっと暗くてジメジメとしていたらカビかキノコが生えてきますよ」

「生えるか！」

「はははは っ!」

クライヴに話したところで結局は何の解決にもならないまま、竜人の慣例で行かされた魔法学園でその花嫁を見つけるだなどと誰が思う。

大して実力のない魔法使いたちがご高説を垂れていた入学式で、一人だけ目を引く女がいた。魔力はそれなりに高そうだったが、竜人には遠く及ばない程度であれくらいならほかにも多くいるだろう。しかしその女は、ただ一人ぽつんと雲間の光に照らされたようで目が離せなかった。

自身の巣穴の何分の一か分からないようなちっぽけな寮室で、俺は目を覆った。あれだ、あの女だ。あの、シャノンと呼ばれていたあの女が、俺の〝花嫁〟だ。なるほど、本能とは言い得て妙だ。あの女のことなど何も知らず、けれどあの女を手に入れなければと強烈な飢餓感に近いものに支配されかけている。

「ふざけやがって……っ!」

苛立ちで興奮しかけた頭を理性でどうにか抑えこんで、ゆっくりと長く息を吐く。そして学園から与えられた寮の部屋を改めて眺めた。

「……つまらない部屋だな」

備え付けの机とベッド、あとは小さな棚が置かれてある簡素な部屋はあまりにも面白味に欠けた。たかが三年とはいえ、ここで過ごさねばならないのだから調度品を揃えよう。部屋のことを考えていると、苛立ちが少し紛れた。

……そうだ、別にあの女に拘る必要などない。運命が何だと言う、近寄らなければいいだけの話だろう。こんな訳の分からない感情に振り回されるなんてごめんだ。俺は、一度拳に力を込めてから荷解きを始めた。

―――

学園に入学して一ヶ月、早くも俺は絶望を感じていた。出された無意味な課題をこなしていると、苛立ちがぶり返してきてペンを持つ手に力がこもる。

まず、つまらない。周りの連中が必死に聞いている講義内容など全て知っているし、講師たちのレベルもそこまで高くない。さすがに低すぎるとは言わないが、今まで話したことがある魔法使いたちの足元にも及ばない輩ばかりだ。相対的に知り合いの魔法使いたちのレベルが高かったのだと知れたが、学びといえばそれくらいだった。

次に、絡まれる。俺を同じ人間だと思っている連中が、あまりにも気安く話しかけてくるのが鬱陶しくて仕方がなかった。竜人であることをバラすつもりもひけらかすつもりもないが、けれど人間というものは魔力の多すぎる生き物には畏怖を感じるものではなかったのか。確かに抑えてはいるが、それでも感知しようと思えばできる筈だ。そうであるのに、それをできていない奴が多すぎる。特にあの騒がしいキンキン声の女。何が「エヴァンにならいつでもキスしてあげるんだけどなぁ」だ、勘違い女が。煩わしすぎて間違えて消してしまいそうになる。

誰だ「学園は意外と楽しいですよ」とか言った奴は、「人間の友人もできますよ」とか言ってた奴もいたな。いや、両方ともクライヴだ。父さんは「三年間だけだから何とかやり過ごせ」と言っていた。……ああ、くそ！

「何にせよ、あいつが……！」

ちらちらちらちらと目の端に映って煩わしいにも程がある！

「くそ……」

……分かっている。あのどういう訳だか自身の実力を隠して無難に講義を受けているおかしな女が、悪いのではない。しかし何故わざわざ実力を偽っているんだ。成績優秀者が振り分けられる選択授業には全くと言っていい程に参加していない。俺ももっと魔力を抑えていれば……ああ、違う！

「はあぁ……」

この学園に入学してから、何度こうして頭を抱えたことだろう。講義がつまらないことも、あのキンキン勘違い女も、それだけだったならここまで疲弊はしない。あいつが原因だ。あいつだけが、俺の精神を侵してくる。

どうしてあいつはこの学園にこの年に入学してきたんだ。ほかの竜人たちは、魔石が作り上げられるまで見つけられない奴らばかりなのに、何故俺ばかりが。あいつは俺のことなど知りもしないのに、どうして俺ばかりが本能などという呪いを受けなければならない。ああ、ああ！　くそっ！

「ち……っ！」

苛立ちに任せて書きなぐった課題の上にペンを放り投げ、俺はベッドに飛び込んだ。あいつのことを考えないようにすればする程、胸に不快感が走る。我々竜人は、怪我にも病にも強い。こんな不快さを感じたことも生まれて初めてのことだ。それがあまりにも不愉快で仕方がなかった。気が紛れるかと部屋をいろいろ弄ったが、そんなものはすぐに飽きた。

「……」

瞼を閉じると、真正面から見たことのないあいつの顔がちらつく。俺はもう一度小さく息を吐いて、着替えもせずに眠ることにした。


——


結論からいえば、俺はあのシャノンとかいう名前の生き物を無視しきることはできなかった。どうあっても意識が彼女の方に向くので、諦めるしかなかった。それでもシャノンと俺は接点などほとんどなかったから、話すことなんてなかった。ただ彼女が笑っているのを遠くから眺めていると、少し前まで毎日感じていた胸の不快感が和らぐのだ。

そんなふうにしていれば、学園での時間はすぐに過ぎていった。前期は終わり、長期休暇に入ってもシャノンは学園に残っていたので俺も残った。そしてその休暇も終わり、もう後期が始まっている。

「ねえねえシャノン、これからカフェテリアに行かない？　新作パフェが出たんだって！」

視線は動かさずに、けれど耳が集中を始める。シャノンの話題が出ただけでこうなのだから、自分自身への呆れはとうに通り越していた。

「私これから図書館に本を返しに行ったりとか手紙出したりとか用事があるので、今回は遠慮します」

「そうなの、待ってるよ？」

「大丈夫ですよ。あ、でも、感想は教えてくださいね」

「分かった、じゃあ寮でね」

「ええ、またあとで」

シャノンはいつもつるんでいる連中と離れて、たまに一人でどこかに行っているようだった。それに気づいたのは何度目かの共通講義のあとだ。他意はないが、シャノンが言っていた場所に行っても彼女がその場に現れたことはなかった。

しかしいくら気になったからといって、わざわざ転移魔法の行先まで探って追いかけるべきではなかったかもしれない。そんな後悔を僅かにしながら、俺は暗い森に転移した。

……何だ、ここは。学園の敷地内のようだが、植物や薬草を育てている区域ではない。何より異様に暗い。人間というものは暗がりを怖がるんじゃないのか。シャノンは何故わざわざこんなところに……？

気配と魔力を消して辺りを探ると、ほんの少し明るくなっている場所があった。そしてシャノンはそこにいた。

「ふんふーん、ふっふふー」

シャノンは一人、真っ暗な森の中で切り株に座って光魔法で遊んでいた。いつもは抑えている魔力も好き勝手に使って、鼻歌まで歌いながら上機嫌だ。木の後ろに隠れながらも俺は動揺をしていた。あんな姿は今まで見たことがない。何故だ、人間は群れる生き物ではないのか。何故一人でいるのにあんなに楽しそうなんだ。……まさか、いつもつるんでいる連中と実は何かあるのか？

「あ、いけない、お母さんへの手紙を書かなくちゃ。……ふふ、ここにいると独り言が増えていけませんね」

そのあともシャノンはやはり楽しそうにそうやって過ごして、暫くすると満足したのか帰っていった。彼女がいなくなったあと、真っ暗になった森の中で俺は彼女が遊んでいた切り株を見つめながら悩んだ。

シャノンは何かトラブルに巻き込まれているのか、そうなのであればどうにかしてやりたい。彼女を煩わせているものがいつもの連中なのか、それとも別の誰かなのかは知らないが俺であればどうにでもできる。しかし俺と彼女には接点はない。いきなりそう言われても困るだろう。それにトラブルに巻き込まれているのにしては、あまりにも楽しそうだった。

……暫くは様子を見るしかないか。そう決意した俺が、シャノンと直接話せるようになるのはこのあとすぐのことだった。

――

結局シャノンは、あの暗い森に息抜きをしに来ていただけのようだった。それには安心したものの、その上で森での息抜きに誘われた俺はあからさまに浮かれていた。二人の関係も秘密だと言われて、それにも特別感を感じていた。その自覚はある。その勢いのままにあの森の中に巣でも作るような勢いで物を置いてしまったので、彼女はそれに随分と驚いていた。笑って許してくれたからよかったものの、これ以上は暴走をするまいと固く心に決めた。

「あれエヴァン、またここにいたんですか？」

ベンチや椅子を置いてかなり整えたので、森の休憩所は思いがけず居心地のよいものとなっていた。気がつけば休憩時間はいつもここにいる。ここでは一人で本を読んでいても食事をとっても、たとえぼうっとしていようとも他人に邪魔をされることがなくていい。それに対しては何の後ろめたさも感じる必要はないのに、シャノンに変な風に思われるのは困ると焦ってしまう自分がいた。

「……駄目なのか」

「だ、駄目じゃないですよ。でもいつ来てもいるから……」

「ここは落ち着くんだ。静かで暗くて、ゆっくりとできる」

初めにここでシャノンを見つけた時には驚いたが、ここは巣穴の夜に雰囲気が似ていた。真っ暗で鬱蒼とした森の中であるのにジメジメとした湿気はあまりなく、むしろ空気が澄んでいて心地いい。

俺の返答をどう思ったのか、シャノンは少し離れた所に座って一つ頷いた。

「……分かります。私の故郷も静かな所だから、学園の賑やかさでたまに耳が痛くなる時があって。ああでも、羊がいっぱいいて牧場の辺りはめえめえって騒がしいんですよ」

「そうなのか」

「あ、えっと、すみません、煩かったですよね？」

「何がだ」

「何がって、だって、エヴァンはここに静けさを求めて来ているんでしょう。あの、私もう黙っているんで……」

「気を使わなくていい。むしろ暇だから気が向いたなら話してくれ」

「そ、そうですか？」

「ああ」

シャノンは少し口角を上げて、俺に向かって微笑んだ。それが、どういう訳だか無性に嬉しかった。

何が、拘る必要などない、だ。竜王も運命もどうでもいい、ただ、このままずっと彼女の隣にいたい。

「あ、でも、じゃあ私ばっかり話すのは嫌なんで、エヴァンも話してくださいよ？」

「……何を？」

「何って……。話せること？」

「話せること……」

故郷や生い立ちを話せと言われないだけ助かったが、話せることとは何だ。……話題の一つも思い浮かばない。頭の中でクライヴが『だからもう少し社交的になれと言ったんですよ』と呆れていた。

しかしシャノンはそんな俺にもまだ微笑んでくれた。

「エヴァンが話してもいいなって思えることなら何でも、読んだことのある本の話とか面白いと思った講義の話とか。あ、そうだ、魔法を見せてくれるのでもいいですよ」

「魔法なんか見てどうするんだ、お前だって大抵の魔法は使えるだろう」

「……前から思ってたんですけど、エヴァンって私のことを過大評価してますよね」

「事実だろう。……何故、魔力を抑えている？」

「えっと……」

シャノンは指を組んで、分かりやすく目を泳がせた。……もしや、聞いてはいけないことだったのだろうか。ど、ど、ど、と心臓が嫌な音を立てている。今からでも撤回を――。

「母の教えで、危ないからあまり目立たないようにって。目を付けられたら大変だからって」

「……まあ、ある意味で正しいな」

目立ってしまったが故に実際いろいろと煩わされている。肯定をしたからか、シャノンはまた表情を緩めてくれた。俺の心臓も落ち着いた。

「えへへ、エヴァンみたいにすごい人もいたから、杞憂と言えば杞憂だったかもしれませんけど。……ほら、悪口みたいになっちゃいますけど、私たちの学年にはサラさんもいますし、やっぱり静かにしているのがいいのかなって」

「サラ……？　誰だ？」

「え」

「何だ、そんなに有名な奴なのか？」

「サ、サラさんですよ。エヴァンも何回か授業で組んでたでしょう、ほら、ピンクのふわふわの髪の美人で魔力がちょっと多い……」

「ピンク……？」

「え、本気なんですか。ま、まあ、いいですけど」

「よくはないだろう、そいつが何なんだ。迷惑をかけられているのか？」

「迷惑っていうか、ううーん……。彼女、多分自分より優秀だったり目立つ人が許せないみたいなんですよね。私の友だちの一人が、ああ、その子はヴァイオレッタっていうんですけど成績優秀者なんです。たまにわざわざ嫌味を言いに来たり、酷いと自分の友だちを引き連れて授業妨害みたいなことまでしてくる時があって。まあ、ヴァイオレッタにばかりっていうよりは成績優秀者とか目立つ人全員に対してって感じなんですけど」

「何だその非常識なピンクは。そもそも授業中なんだろう、講師は何をしている」

「先生だって生徒のこと全員は見ていられないですよ。……それに、サラさんのことを注意できる先生も少ないですよ」

「は？」

「えっと、ですから……」

シャノンが一生懸命に説明をしてくれたが、そんな迷惑な女がいたのかと驚いた。シャノンいわく、俺にもよく話しかけているらしいが心当たりがあまりない。ピンク髪の人間なんて複数いるし、しかしああ、面倒で目立っている女は確かにいた気がする。

「そいつはキンキンとした高音で喋る勘違い女か？」

「……多分そうですけど、あのねエヴァン、他所でそういうこと言っちゃ駄目ですよ」

「何故だ、本当のことだろう」

「ええと、目立っちゃうから？　ほら、エヴァンももうこれ以上は目立ちたくないんですよね？」

「そうなのか、分かった」

「……」

「どうした？」

「エヴァンってたまに吃驚するくらい素直ですよね。教室にいる時と別人みたい。変な人について行っちゃ駄目ですよ？」

「お前それは自分のことを言っているのか？」

「違いますよ、エヴァンのことです」

シャノンは真剣な顔でこちらを見ているが、暫くすると吹き出してしまった。そして俺もそれにつられて笑ってしまう。

「ふ、ふふふっ」

「くく……っ」

「ふふ、まあじゃあ、お互いに気をつけましょうね」

「主にシャノンがな」

「あっ、まだそんなこと言うんですか。せっかく今日はマフィンを焼いてきたのに、いらないんですね？」

「いる」

「……いるんですか？」

「いる」

「もう、仕方がないですね。今日のはココアのマフィンなんですよ、チョコも入っていますけどビターだからエヴァンにも食べやすいと思います」

シャノンは最近、菓子を焼いてきてくれるようになった。それだけで嬉しいが、子どものように飛び跳ねる訳にもいかず静かに受け取る。味はいつも甘さ控えめでうまい。

元々は何かを贈った時のお礼だと言って持ってきてくれるようになったが、あの程度の物がシャノンの手作りの菓子なんて貴重な物とつり合いがとれるとは思えなかった。だからつり合いを持たせる為に、彼女の欲しがりそうな魔道書や似合いそうな服をまた贈ったが何度か怒られたことがあって、それは未だに腑に落ちていない。

しかしそれはそれとして、今日も菓子がうまい。

「どうです、美味しい？」

「うまい」

「よかった、あ、コーヒーも淹れてきましたよ。私は今日はロイヤルミルクティ激甘です」

「よくそんなもの飲めるな」

「そんなものってなんです、そんなものって。お菓子が甘くないから飲み物は甘くていいんです。お菓子が甘い時は私もブラックコーヒーを飲みますよ？　……ミルクティ飲んでみます？」

「……いや、いい」

「ふふ、そんなにすごい顔しなくても無理に飲ませたりしませんよ」

シャノンの飲んでいる物には興味はあるが、さすがに強烈な甘い匂いのする物は飲めない。俺は自身の味覚を恨んだ。

そんなふうに、俺はシャノンと過ごすようになった。少し前まで感じていた苛立ちも焦燥も、もう俺を苛まない。あの秘密の場所で彼女の故郷の話や別々に受けた選択授業の話をして、二人で魔法を使って遊んだりもした。ひどく楽しくて、落ち着ける時間だった。

……しかし俺は竜人だ、人間じゃない。人間の姿で過ごすことが多いが、けれど俺は醜い竜でもある。竜などと高尚な呼び名を与えられているが、実のところ蝙蝠のような羽の生えた巨大なオオトカゲだ。学園の中央にある〝竜王陛下の像〟を見る度に、自身の醜さを自覚してしまう。

真っ黒で硬いうろこに覆われた醜い俺が、あの美しく愛らしいシャノンの隣にいてもいいものなのだろうか。せめてほかの竜のように綺麗な色であれば、いや、母さんと同じ人間であったなら。夜に寮の部屋で一人になると、よくそんなどうしようもないことを考えるようになった。本当にどうしようもないことで、考えるだけ無駄だと理解しているのに止められない。……俺は、どうしてしまったのだろう。

もう、シャノンに全てを話してしまいたい。俺は竜人で、お前は俺の運命なのだと。けれどそれを馬鹿正直に話して、俺の全てを否定されたらどうしたらいいんだ。化け物の花嫁なんてごめんだと言われたら、嫌われてしまったら、きっと俺は生きてはいけない。

あんなに気を許して、俺に向かって柔らかく微笑んでくれるシャノンを失いたくない。黙っていることが正しいとは思わないが、それでも彼女の傍にいたい。せめて、この学園にいる間くらいは、夢を見ていたい。

シャノンの魔石の種はゆっくりと暗さを増し、漆黒に輝き始めている。あれは、俺の色だ。あの黒曜石よりももっとずっと美しい色が自分の色だと理解して、俺も少しだけ自分の鱗の色が許せるようになった。それでも俺が化け物であることは変わりない。

……いつかシャノンが真実を知った時、彼女は俺をどう思うのだろう。化け物と怯えるだろうか嘘つきだと罵るだろうか、それとも拒絶されるのだろうか。俺はそうやっていつか来るその日に怯えながらベッドに潜り込んだ。

9……漆黒の若竜の恋煩い・後編……

つまらなくて面倒なばかりの学園生活も、シャノンのおかげで多少はましになった。程度の低い講師たちの薀蓄を聞く苛立ちも身の程を弁えない学生たちの嫉妬やへつらいも、そのあとに彼女と会えると思えばどうにか我慢ができた。

しかし、校外学習とかいう面倒の極みは是非なくすべきだと強く思った。何故わざわざ山なんぞに一泊二日で籠って魔法植物や魔法動物の観察などしなければならない。大抵の魔法植物は既に人間の手で育てられるようになっているし、魔法動物は専用の動物園もある。自然の魔法植物の群生地にはそれを食べる魔法動物も生息しているが、野生の魔法動物は一瞬で逃げたりいきなり魔法を仕掛けてきたりする。観察どころの話ではない。本当に何の意味があるんだ。

そんなことを考えながら強制参加させられた校外学習で更に騒ぎに巻き込まれれば、苛立ちも倍増するというものだ。ただ隣にシャノンがいる分、それはかなり抑えられていた。

「……この校外学習というものは必要だったのか？」

「う、ううーん、コテージに泊まれるのは楽しみにしてたんですけど……」

「コテージ宿泊とこの騒ぎを天秤にかけると？」

「学園で静かに生活していた方がよかったです」

「同感だ」

あの森でもないのに、シャノンは普通に俺と会話をしていた。それもその筈だ。俺と彼女は今、二人きりで孤立している状態なのだから。

校外学習中、野生の魔法動物に出くわした生徒の一人がパニックに陥り講師の言うことを聞かずに攻撃魔法を展開させてしまった結果、魔法動物が仲間を呼んで収拾がつけられない状況になったのだ。パニックがパニックを呼び、あちこちで魔法が展開され周辺の魔力濃度がおかしくなった結果、時空に歪みができ俺とシャノンは同じ異空間に閉じ込められたのだ。

異空間とは時空の歪みに魔法で無理矢理作った場所のことで、上級の魔法使いであれば自在に操ることができる。しかしこれは複数の魔力がぶつかり合うことで偶然にできた異空間だ。俺一人ならどうにでもできたが、シャノンがいる以上は無茶はできない。おそらく外では講師たちがこの状況を解決しようとしているのだろうし、この異空間自体も広く危険性も感じない。大人しく待つのが正しいだろう。

「あの、エヴァン。すみませんでした、私のせいで」

「何がだ？」

「……だって、エヴァンだけなら逃げられましたよね。私が傍にいたから一緒にここに入っちゃったんでしょう？」

シャノンは目線を下げて肩を落とした。俺は慌てて彼女の肩を掴む。

「違う」

「でも」

「違う、これは偶然だ。そもそも講師たちの言うことを聞かずに魔法を使った奴らが悪い」

「……でも、私のことを助けようとしてはくれましたよね？」

「それは……。それは当然だろう、シャノンと俺は友だちなんだから」

確かに俺は、シャノンが異空間に飲み込まれそうになったから助けようとした。しかし開き始めた異空間を無理矢理に閉じるのは危険だった。だから一緒に入ったのだ。そしてそれは彼女のせいではなく、初めから原因を作った奴らが悪い。

一瞬だけシャノンの目が揺れたような気がした。しかしそれはすぐに消えて、彼女はにこりと微笑む。

「ふふ、エヴァンったら格好いいですね。ありがとうございます。私もエヴァンが危険な時はちゃんと助けに行きますから」

「まずそんな状況にはならない」

「そうでしょうけど、心情的なことです。でも本当にありがとうございました。さすがにここに一人は怖かっただろうから」

「……まあ、この程度ならすぐに出られるだろう」

「突発的な発生でしょうし普通に考えたらそうですよね。……でもエヴァンって、実はここから一人で脱出できたりします？」

「シャノンを連れて出るのは危険だ」

「一人でって言いました」

「初めからそんな選択肢はない」

「つまりできるんですね。ふふふ、本当に規格外なんですから」

シャノンはお互いに何も存在しない空間で、ふいに膝を抱えて小さく座った。俺もその隣に座る。

いつもなら彼女がぽつぽつと話をしてくれるのだが、何故か彼女は黙ったままだ。何かを話した方がいいのかとも思ったが、この静かな状況は初めてでその上に話題も思いつかなかった。必然的に黙ったままになってしまったが、どうしたものかと焦って口の中が乾いてくる。

「……あの、エヴァン」

「なっ何だ⁉」

「えっと、大丈夫ですか？」

「俺は何ともない、大丈夫だ。……シャノンこそ、どうした？」

「実は、えっと、お恥ずかしい話なんですが……」

「何だ、気分でも悪いのか？」

「実は私、こういう異空間がすごく苦手で、ちょっと怖くて。それで申し訳ないんですが、手を握ってもらえないかなって」

「そういうことはもっと早く言え」

「わ」

俺はシャノンの小さな手をぎゅうと掴んだ。俺とは違う少しふわふわとした手は、恐怖からかすっかり冷えてしまっていた。

「あの、ありがとうございます。あのね、私……」

「ああ」

「すごく小さくて魔力の制御ができていなかった頃に、自分で作った異空間に閉じ込められたことがあって、それで」

「シャノン、大丈夫だ。俺がいる」

「昔のことなんです。だから、大丈夫だと思ったんだけど、やっぱり怖くて。さ、さっきまで平気って、思ってて、なのに、っきゃ」

シャノンの声が徐々に震えていって、俺は衝動のままに彼女を抱きしめた。考えなしに引っ張ったせいで体勢に無理があったが、すぐに彼女の体を持ち上げて胡坐をかいた膝の上に置き抱きしめなおす。焦りで心臓の音が煩かった。

だが、ここからどうすればいいんだ。この程度の異空間ならいつでも消せるが、おそらく元々いた場所が滅茶苦茶になるだろう。周りの人間はただではすまない。そしてきっとシャノンはそれを望まない。

ではシャノンを連れて脱出すればいいのか。しかしここは作ろうと思って作られた異空間ではない。その為に脆く、無理に出ようとすれば何が起こるかは分からない。俺一人ならどうにでもなるが、彼女に何かあればそれこそ耐えられない。どうする、考えろ。どうにでもできる筈だ、早く――。

「……エヴァンって、力持ちなんですね」

「は……。そ、そうか？」

「びっくりして、涙が引っ込みました」

シャノンは少しぼんやりとした声でそう言うと、俺の背中に手を回した。息が詰まって、さっきとは別の意味で心臓が煩くなる。

「でもごめんなさい、もう少しだけこのままでいてもらえますか……？」

「謝らなくていい、問題ない。気にするな」

シャノンが俺の首元に頭を置いたので、彼女の香りが濃くなった。そんなことを考えている場合ではないのに、俺の頭は既に彼女の柔らかさと香りでいっぱいになりつつある。

「エヴァン、あとどのくらいでここ消えそうか、分かりますか？」

「もう三十分も持たないだろう。すぐだ」

「そう、ですね。すぐですね」

「……その、何か話せ」

「何かって？」

「何かは、何かだ。話していれば時間なんてすぐに過ぎるだろう」

「……ふ、ふふ、エヴァンって何でも器用にこなすのに、こういうことはすごく不器用なんですね」

「仕方がないだろう、こんなことほかの誰にもしたことがない」

「……」

「おい、シャノン、大丈夫か？」

「あ、はい、大丈夫です……」

大丈夫と言っておきながら、シャノンは俺の背に回した手に力を込めた。やはり異空間は怖いのだろう。ここを出たら、この騒ぎの元凶たちには盛大な呪いをかけなければならない。

「……あのね、私の母は魔法使いなんですが、亡くなった父はあまり魔法が得意ではなかったんです」

「でも、私が魔力制御に失敗しそうな時や異空間に閉じ込められそうになった時は、母よりも先に父が気づいてくれたんです。まあ、母は魔法薬を作る仕事をしていて、体の弱い父は療養の為にずっと家にいたのでその関係もあったんでしょうけど」

「あ、ああ……」

今いるこの異空間は、複数の魔法を狭い範囲で同時に放ったことにより魔力濃度が高まって空間が歪んでできたものだ。しかしシャノンが言っているのは魔力暴走によって歪みができた空間のことだろう。起こっている事象は同じだが、原因が異なる。

竜人である俺たちは生まれた時から膨大な魔力を操る術を持っているが、人間はそうではないらしい。現在は落ち着いているが、シャノンも昔は自身の魔力に振り回されていた時期があったということだろう。今回のものと違い、単体の魔力で作られた異空間であれば外からの介入も容易い。自然消滅を待つよりも先に助け出せた筈だ。それでも子どもにとって恐怖を感じるには十分だったろうが。

「父が亡くなって、でも当時の私は小さかったからまだよく分かっていなくて。……多分、それを理解したのが異空間に閉じ込められた時なんです。父がいないからすぐに気づいてくれる人がいなくて、それでも多分十分も経たずに母が気づいてくれたと思うんですけど、いつもはもっと早かったので、そこで初めて、ああ、父はもういなくて私を見つけてくれないんだなあって……あたっ」

かける言葉が見つからなくて、シャノンの頭の上に顎を乗せてみた。……いや乗せてみたじゃない。

何をやっているんだ、俺は。

「……エヴァン、重いんですけど」

「重くしているからな」

「ふ、あはは、もうエヴァンったら」

何故かシャノンが笑い出して肩の力が抜ける。彼女が泣かないのなら何でもいい、よかったと心から思った。

「まあだからその、そういうのがトラウマになって異空間が苦手になったんです。当時は死に物狂いで魔力制御を覚えました。二度と一人で閉じ込められたくなかったから」

「もしまたシャノンが閉じ込められるようなことがあれば、俺が必ず見つけてやる」

「……もう閉じ込められるようなへまはしません。今回のは事故です」

「事故でもなんでも見つけてやる」

「……」

「だからもう心配しなくていい」

「エヴァン、それって……」

シャノンが何かを言おうとしたその時、異空間を形成している時空の歪みが揺らいだ。俺は彼女を持ち上げてそのまま立ち上がった。

「わぁっ」

「もうここは消える。俺と一緒にいる所を見られたくはないんだろう」

「え、でも」

「出た瞬間に俺は転移をするから心配するな」

「エヴァ――」

　ぱちんと異空間が消えた瞬間、俺は転移魔法でシャノンから離れた。元いた場所に戻るとまだ混乱は続いているようだったが、歪みは治まっているようだ。これなら異空間が新しく発生することはないだろう。

　シャノンは、いつもつるんでいる奴らと合流できているようだった。彼女の無事を確認できたので、俺は魔力を僅かに放出させて全体を黙らせ講師に抗議をし、このくだらない校外学習とやらを速やかに中止させた。

　校外学習が途中で中止となり次の日、シャノンはいつもより少し遅れて森へやってきた。

「やっぱりいる」

「いいだろう別に」

「いいですけど」

「そういうシャノンは遅かったな」

「お菓子を作っていたので」

そう言ってシャノンは香ばしい匂いのする紙袋を押し付けてきた。

「ナッツ入りのチョコ、お茶のシフォンケーキ、コーヒーゼリーとマフィンとクッキー。全部甘さ控えめです」

「……ありがとう」

「昨日のお礼です」

「あれは別に気にしないでも」

「気にしている訳じゃありません、感謝しているだけです」

「それを気にしていると言うのでは」

「違います」

「座らないのか」

「もう遅いので今日はすぐに寮に戻ります。昨日の校外学習が中止になったからレポート課題を出されましたし」

何故か早口のシャノンは、そのまま俺に背を向けた。残念だが仕方がない。彼女は魔法の実力を誤魔化す以外は真面目だから、レポートもきちんと書くのだろう。

「……エヴァンは私が友だちだから助けてくれたんですよね?」

「そうだ」

明確な下心があることを黙ったままで、俺は頷いた。友だちなんて方便だ。開き直っていることを自覚しつつ、けれど正直に言う勇気など欠片もなかった。

「ふふ、エヴァンってすごく友だち思いなんですね。私も貴方に何かがあった時は助けに行きます」

「助けが必要になることはないと思うが」

「気持ちの部分です。ないかもしれないですけど、何かあれば頼ってください。私たち友だちなんですから」

「分かった、その時は頼む」

「任せてください、じゃあまた明日」

振り返って笑うシャノンは、驚く程に可愛かった。いつまでも見ていたかったが、彼女はすぐに転移魔法を使って消えてしまう。いつもより少ない会話に少し落胆しつつ、紙袋を開いてチョコを一つ手に取った。

「……美味い」

ナッツがたくさん入っているチョコは俺好みの味がした。


――――

俺は結局、竜人であることを卒業式のその日までシャノンには伝えなかった。騙すように言質を取って、卒業のその日まで黙っていた。卑怯だと言われようと、もう彼女を手放すことなど考えられなかった。あれだけ呪いだと忌み嫌った本能に負けて、思うままにそうした。

拒絶されることも覚悟していたが、予想に反して真実を全て知ったあともシャノンは落ち着いているようだった。一度だけ声を荒らげたが、それでもこんな俺を許してくれた。卒業式の翌日、巣穴のベッドの中で眠っている彼女の寝顔を見た時に少し泣いてしまったのは一生誰にも言えないのだろう。恥ずかしいからという、そんなにつまらない理由ではない。この時の感動を表現する言葉がこの世界には存在しないから仕方がないのだ。

俺の巣穴にシャノンがいる。それだけで世界が今までより素晴らしいものに見えた。彼女が存在しているこの世界を保つ為であるなら、多少の面倒も厭わないとも思えた。だが、

「シャノン！」

「あとちょっとって言ってます！　ほら、この溶岩華を入れたら終わりなんですって！」

魔法薬作りにこんなに熱中するとは知らなかった。シャノンは一度魔法薬を作り始めると長時間机に齧りついて離れないのだ。休憩を入れろと何度言っても聞きはしない。最近やっと食事休憩は入れるようになったが、それ以外の休憩は俺が無理矢理に止めなければいけなかった。

「お前、それさっきも言っていただろう。大体、その量の溶岩華を入れたら次は飛氷が必要になるだろう。そもそも何を作っているんだ、それは」

「火傷の軟膏になる予定です」

「……大火傷専用のか？」

「まあ、薄めたら年単位で使えるんじゃないですか？」

溶岩華は触れると熱い魔法植物で火傷治療に使われるが、小指の先ほどの花びらを半分で十分だ。

シャノンはそんな溶岩華の一つ丸々を大きめの乳鉢に入れようとしている。そんなに入れるなら性質が安定しなくなる為、飛氷という嵐の日に降った雹を集めて魔法で固めた物で調節をしなければならないしその後も微調節が続く。

つまりシャノンがさっき言ったように溶岩華は入れたら終わりではないし、彼女だってそのくらいは理解しているだろう。何にせよ終わる気がないのは確かだ。俺は机の上の乳鉢たちを取り上げた。

「とにかく終わりだ！」

「あああああ！　駄目になる！　せっかくそこまで作ったのに駄目になっちゃいますから！」

「時間経過を止めてやるから！」

「そんなことできるんですか!?」

「俺自身もできるが、今回は魔道具でやる。母さんが前に作ったのがあるから」

「お義母さん凄すぎません？」

「ああ、凄い人だ。だから今日はもう止めろ」

「う、はい……」

母さんが作った箱型の新しい魔道具に製作途中の魔法薬を入れ、はあと息を吐く。世界保持の為に巣穴を出ればいつもこれだ。最近は各地が落ち着いていてあまり出ないでもよくなっているが、たまに出て帰ってくると机から離れない。

……いや、そもそも普段ここに閉じ込めてしまっている俺が文句を言う筋合いはないのかもしれないが、しかし仕事に連れて行くのも危険だ。かといって一人で外に出すのも危険だ。外出を全く許していない訳ではないが頻度は少なくしかも必ず俺が同行しているし、ヴァイオレッタと二人で会う時ですら俺が送り迎えをしている。俺の花嫁になったことで、シャノンだって転移魔法は使えるが、けれどそれくらい警戒をしなければならなかった。俺の花嫁になったことで、シャノンは世界聖竜王教会に認識されていた。しかし教会にも対抗勢力というものは存在しており、そいつらにもシャノンのことを知られてしまっている。何かあった時に対処が――。

「あの、エヴァン、エヴァーン？」

「……何だ」

「怒って、ます……？」

「怒ってはいない」

「休憩は取っていたんですよ、あの、だから……。あの、ごめんなさい」

「ほ、本当に怒っている訳じゃない、そんな顔をしないでくれ」

怒ってはいなかったが黙っていたからか、シャノンが下を向いてしまった。慌てて弁明をすると、彼女は潤んだ目で俺を見上げる。その顔も可愛いが、悲しませたい訳ではない。

「本当？」

「本当だ」

「じゃあお茶にしましょう、今日はパウンドケーキを焼いたんです。ビターココア味ですよ」

「……お前な」

さっきまでの悲しげな表情は演技だったようだ。態度がころっと変わって肩の力が抜けるが、まあシャノンが笑っているのならそれでいい。

「えへへ、エヴァンはコーヒーでいいですか？」

「コーヒーは俺が淹れる」

「あ、じゃあ、私はカフェオレで」

「砂糖は一杯でいいな」

「……」

「どうした、砂糖はいらなかったか？」

珍しくシャノンの気分を読み間違えたらしい。もう彼女用のカフェオレには砂糖は入れてしまったが仕方ない。淹れなおす為に新しいカップを取ろうとしたが、それは止められた。

「あ、いえ、入れてください。エヴァンがいつも私の飲みたい物の味を外さないのでびっくりしただけです」

「驚くことか？　シャノンは分かりやすいぞ」

「自分で言うのも何ですが、飲み物自体もコーヒー、カフェオレ、紅茶、その他のものが飲みたい時もありますし、砂糖の量も結構毎回変えてるから難しいと思います。それなのに百発百中なのはすごいですよ」

「その時のメニューと顔を見れば大体分かるぞ」

「もう特殊能力ですからね、それ」

くすくすと笑うシャノンが可愛くて、頬にそっとキスをした。びくりと肩を震わせて頬を赤らめるのも可愛い。

「わ、わっ、もう……」

「何だ、嫌なのか」

「……嫌じゃないって分かってて、そう聞いてくるエヴァンは嫌です」

「ふっ」

「笑わないでくださいっ。ちょっともう、あっちに座って！」

「分かった分かった」

「分かってない！」

飲み物とパウンドケーキを持ってテーブルに持っていき、そのままシャノンの隣に座る。新調した白いソファは大きめのものだが、ぴったりとくっついてやった。ぶつくさと文句を言っているものの、彼女も自分からは動かないのだからこれは許されているのだ。

そう、俺は許されている。俺だけがシャノンに許されている。きっと学生時代からずっとそうだったのだ。その事実を噛みしめながら食べるパウンドケーキは極上の味がした。

「……で、今日のパウンドケーキの味はどうです？」

「美味い」

「よかった、エヴァンの淹れてくれたカフェオレも美味しいですよ。……でも、エヴァンっていっつも美味いしか言わないですよね。嫌いなものとかないんですか？」

「シャノンが用意してくれたものなら石でも食べる」

「さすがに石は出しません」

「物の例えだ。お前が俺の為に用意してくれたものなら、毒だって美味い」

「毒も出しません」

「出してもいいぞ。似たようなのをよく作っているだろう、俺で試してもいい。あの程度では死にはしないし、寝込んだら膝枕でもしてもらう」

「私の作っている薬は劇薬ではあっても毒薬ではありません。それにわざわざ寝込まなくても膝枕くらいしてあげます」

じ、と見つめ合って、同時に吹き出す。

「ふふ、赤ちゃんじゃないんですから何でも口に入れようとしないでください」

「シャノンが気を付けてくれたらそれでいいんじゃないのか」

「そういうことを言っているんじゃなくて、って、あの……。何してるんですか？」

「膝枕をしてもらおうかと」

「急すぎませんか、まあ、いいですけど」

シャノンの膝に頭を乗せると、ふわりと髪を撫でられる。この心地よさは表現のしようがなく、しかし使った魔力が補充されるような感覚でもあった。

「今日のお仕事は大変だったんですか？」

「いや、魔力が枯れていた土地に注いできただけだからな。そうでもない」

竜人としての仕事は主に魔力を注ぐこと、そして人間が太刀打ちできなそうな魔法生物などの脅威を倒すことだ。どちらにしろ特に難しいことはない。ただ魔力は注ぎすぎると逆にその土地の生態系が壊れてしまうし、魔法生物を倒す時にも気を付けなければ地形が変わってしまう。人間や動物と植物、そして魔法生物。このバランスを保つことにはかなりの慎重さが求められるので、それが面倒で気疲れの元なのだ。

「そういう所なら、私も行けたり……」

「……行きたいのか？」

「ううぅん、でも、行った方がいいのかなって」

「シャノンがどうしてもと言うのなら叶えてやりたいが、俺は巣穴で待っていてほしいと思っている」

「……ヴァイオレッタはクライヴさんのことを手伝っていて、微妙な魔力調節は彼女が担当しているんですって」

「いいか、シャノン」

「はい」

「クライヴは竜人の中でも特に魔力調節が苦手な駄目男だ」

「失礼にも程がありませんか」

「俺は奴と違って魔力調節は得意だし、あんな駄目男ではない」

「エヴァン？」

「俺の方が絶対にいい男だ。だからクライヴに興味を持つんじゃない」

「そういう話をしているんじゃないんですよ！」

分かってはいるが、シャノンの口から別の男の名前が出てくるのは嬉しいものではない。つまらない感情であることは自覚しつつも、嫉妬を抑えることはできなかった。

むくりと起き上がり、シャノンと目を合わせる。

「奴らの最善があの形なのであって俺たちはそうではない、それだけのことだろう。それに……」

「それに？」

「教会の奴らと話をつけてくれているだけで俺は十分に助かっている」

「……まあ、ああ……ううううん……」

竜人は古来より世界聖竜王教会に金銭や物資を捧げられている。それは単に信仰心からというものではなく、教会は俺たちの魔力や庇護と引き換えに情報と貢物を提供しているのだ。そして当たり前ではあるが、竜人は教会とやり取りをする必要がある。俺は、それがかなり嫌いだ。

クライヴなどは人間ともよく関わるが、そもそも俺は人間とはあまり関わり合いになりたくない。奴らが何を考えているかが分からないし、興味もない。突けば死んでしまいそうなくらいにか弱そうで、けれども何故かすり寄ってくる。分からないものには、近寄りたくない。学園生活はそういう意味でも辛いものがあった。

思い返せば父も俺と同じだった。人間とのやり取りが苦手で、教会とのそれは主に母がしていた筈だ。それを今はシャノンがしてくれている。悪いとは思っているのだが彼女からすれば然程苦にならないらしく、その言葉に甘えて今は全てを任せている。

「でもほとんど手紙のやり取りだけですし、理事長先生がよくしてくれていますから……」

「家事だってやってくれているだろう」

「全部じゃありません、エヴァンも一緒にしてくれているでしょう？　それに、お義母さんの魔道具のおかげですごく楽していいます」

「この生活に嫌気がさしたか？」

「そんなことありません。……でも、この生活があんまりにも快適で都合がよくて、これでいいのかなってたまに思うんです」

そう言って少し俯くシャノンの肩をそっと抱き寄せる。抵抗もなくもたれてくる柔らかな彼女に頬が緩んだ。

「シャノン、俺は」

「はい」

「かなり嫉妬深い」

「……ええまあ、何となくは知っています」

「教会とのやり取りは苦手だし菓子は作れないし、何よりもシャノンにはできる限りこの巣穴から出てほしくないと思っている」

「はあ……」

「俺はシャノンを巣穴に閉じ込めておけるこの現状にかなり満足をしている」

シャノンはむうっと口をとがらせて眉間に皺を寄せた。……キスをしたかったが、きっとここですると怒られるから我慢をしよう。

「外に出たい時は出ていますし、閉じ込められているつもりはないいんですけど、まあ、エヴァンもいいなら、いいんですかね？」

「いいに決まっている。……シャノンがどうしてもと言うなら考えるが、そうでないなら今まで通りここで俺の帰りを待っていてほしい」

「……分かりました、適材適所みたいなものですね」

「そうだな、それに」

「それに？」

「もう魔石も仕込んでいるんだから、子どもだっていつできるか分からないだろう。子育ては巣穴ですべきだ」

シャノンの薄い腹を指でそっと触れると、顎をぐいと押された。ほんの僅かな力だったが、下手に抵抗すると彼女が怪我をするからそのままにされておく。

「～っ、そうですね！」

「何を怒っている」

「怒ってません！」

「シャノン」

「何ですか」

「キスがしたい」

ぱくぱくと口を開閉したあと、シャノンは顔を両手で覆ってぺたりと自身の膝に倒れ込んだ。彼女は羞恥を覚えるとよくこうなる。初めは驚いたがもう慣れた。

「どうした、シャノン」

「どうしたじゃなくて……。ああもう、ううぅ、エヴァンは結婚してからずっとそういうことばっかり言いますけど、その、そんなにしたいんですか？」

「嫌なら無理強いはしない」

「嫌じゃないんですけど、ちょっと恥ずかしいというか……」

「あと俺は、結婚してからじゃなく学生時代からずっとしたかった」

「そっ、う、なんですか」

赤く染まっている耳をそっと撫でると、シャノンは小さくびくりと一つだけ震えてからのろのろと顔を上げた。

「シャノン」

「は、はい……」

「俺は嫉妬深いし教会とのやり取りを丸投げしているし菓子は作れないしお前を閉じ込めておきたいが、それでもキスがしたい」

シャノンは驚いたみたいにぱちりと瞬きをして、ふわりと微笑んだ。ああ、彼女のこの表情が好きだ。この笑顔には俺の全てを許してくれるような、そんな甘やかさが溢れている。

「ふふ、嫉妬深いのも教会とのやり取りも気にならないですし、お菓子作りは私の趣味です。……あと、私もエヴァンとキスがしたいです。貴方のことが大好きだから」

恥ずかしそうにまた下を向きかけたシャノンの頬を包み込んで、そっとキスをした。竜王からの呪いも存外悪くなかった、そう思いながら。

10……白竜の花嫁……

『ヴァイオレッタ、お前は古代魔法の後継者としての誇りを持て。お前の価値はそれ以外なく、古代魔法の為だけに生まれてきた自覚をしろ』

　煩い。

『近代魔法なんて野蛮なものを知る必要はない』

『この出来損ないが！　育ててやった恩を仇で返すつもりか！』

　煩い。

『約束？　あんなものを信じたのか、お前は本当に愚かだな。まあいい、その未熟さも近代魔法に汚染された考え方諸共叩きなおしてやる』

　ああ、そうね。そうだった。貴方たちを信じて、それが守られたことなんてなかったのに。馬鹿みたいね。

「――っ！　は、ぅ……はあ……」

　……久々に嫌な夢を見た。起き上がりまだ寝ぼけたままの頭をゆるゆると振って、隣で寝ている人を見下ろす。嫌味なくらいに完璧な顔面を持つ夫殿は、幸せそうにすうすうと寝息を立てていた。

「……起きるか」

何となく撫でた夫の金色の髪があんまりにもさらさらとしていて、理不尽にイラつく。それでも何故か落ち着けたので、ぐぅっと背伸びをしてからベッドを抜け出した。着替えて顔を洗って、朝食の準備をしよう。

三年前に連れて来られた巣穴は、とても快適だ。大きな洞窟に様々な魔道具と高価な調度品が置かれており、初めは戸惑ったけれど住みやすい。岩壁であるのがどうしても気になっていたけれど、それを夫に伝えると次の日にはもう綺麗な壁紙の張られた立派な壁ができていた。

夫はその完璧な見た目とは裏腹にかなり寝汚いので、朝食の準備はいつも私の仕事だった。別にそれに文句はない。私は朝は早い方だし、三年前にいきなり現れた夫は朝以外はよく作ってくれるし。かなり特殊な人ではあるけれど、多分、夫としてはかなりよい部類なのだと思う。

パンとベーコンと卵を焼いて、お湯を沸かして紅茶を淹れる。サラダを作るのが面倒だから、林檎を丸かじりさせよう。甘い朝食も好きだけれど、今日はしょっぱい気分だ。でもやっぱり甘いものも食べたいから、シャノンに貰ったドライフルーツのケーキも出そう。……でも食べすぎかもしれないから、ケーキは薄く切ろう。

ここまで食事の匂いがすれば気が付いて起きてきそうなものだけれど、私の夫は全くその気配を見せない。

「クライヴ、朝よ、起きて」

「……ぅ」

「ねえ、ご飯できたけど起きないの？　わたし一人で食べていいのね？」

「うぅ……。だぇ、です……」

瞼を開けないまま険しい顔で、どうにか起きてきた夫はのそのそと顔を洗いに行った。ここまで朝が苦手なら別に起きないでもいいのにと言ったことがあるけれど、それは絶対に嫌だと泣きつかれたので結局毎日起こしている。わたしが何か食べている時は必ず一緒に食べたいそうだ。よく分からない考え方だが、まあ不都合もないので許容している。

「おはようございます、私のヴァイオレッタ」

「はいはい、おはようございます」

顔を洗い何とか着替えまで済ませた夫がやっぱりのそのそと戻ってきて、額にキスをしてくる。何というか、こういうことも慣れたものだ。

「さ、食べましょう」

「ええ、朝食の準備ありがとうございます」

「どういたしまして」

パンを齧ると、バターがじゅわりと口に広がる。うん、特別な食事ではないけれど、十分に美味しい。何でもない日の朝食としては満点だろう。

特殊な環境だけれど、それも慣れた。慣れとはすごいものだ。三年前の今頃は自分の血筋を呪いながら、どうやってあの家から逃げようかと必死に考えていたのに。

――――

わたしは、魔法使いたちが激しい派閥争いを繰り広げている魔法至上主義の国で生まれた。実家は国の立ち上げにも関わったと言われる古い家の傍流で、貴族位は持っていなかったけれど裕福で力のある家だった。

肩書きだけ見れば恵まれた環境だといえただろうけれど、両親はわたしのことを古代魔法を後世に伝える為の道具としてしか見ていなかった。抱きしめられたことも優しく声をかけられたこともない。魔法の覚えが悪いと何時間も詰られ、近代魔法のことを少しでも話せばじわじわと苦しめられる類の呪いをかけられた。そんなふうに育てられて素直に古代魔法を継承していくなんて言う程、わたしは素直ではなかった。

どうにか家から脱出する為に十六歳でカエルム魔法学園への入学を決めた。十五歳まで通っていた古代魔法特化の自国の魔法学校からの推薦は受けずに、何の加点もない状態で受験し授業料が免除される特待生として合格した。両親には学園に出発するその日までそのことを話さず、書置きだけを残して夜明け前に一人で国を出た。

入学をしてしまえば、こちらのものだった。カエルム魔法学園は世界でも有数の魔法学校だ。近代魔法を嫌う両親も、さすがに学園を辞めて戻ってこいとは言えないようだった。ただし勿論大激怒で、必要最低限の金銭支援もなかった。

しかし、それも分かっていたのでカエルム魔法学園に決めたのだ。この学園では、苦学生の為の支援が充実していた。講師や学園運営の手伝いをすれば、その報酬が受け取れるシステムがあったのだ。そのおかげでわたしは三年間、飢えることも教材の確保に困ることもなく健やかに生きていけた。知らなかった近代魔法の知識を学ぶのは楽しかったし、友だちもできた。嫌なちょっかいをかけてくる変な同級生もいたけれど、家にいるより百倍はマシだった。生まれてから今までで、一番に楽しい時間だった。

何度も両親から送られてくる手紙には綺麗な言葉で取り繕った罵詈雑言が並んでいて、けれども必ず最後には「早く帰って、古代魔法を受け継ぐ使命を果たせ」と書いてあった。わたしは手紙の文面だけはしおらしくしつつ、しかし決して譲らずに「国には戻らない」と書いて返信し続けた。そして「自国外で魔法学校の教員試験に受かるのならば、家から出ることを許す」という言葉を勝ち取ったのだ。

自国外で魔法学校の教員に採用される確率はとても低い。カエルム魔法学園のように世界中から優秀な魔法使い志望の子どもが集まるような学校とは違い、国ごとに作られてあるような学校ではその土地土着の魔法を教える必要がある。だからこそ当たり前だが自国民を採用するのだ。

それでもわたしは、やらなければならなかった。どうあっても、あの家には帰りたくなかった。両親の権力が強い自国に戻るつもりもなかった。いくつもの国の魔法を研究して、がむしゃらに勉強をして、やっと一つだけ合格することができた。合格通知が届いたあと、安心をしたのか高熱が出てしまい友だちを心配させてしまった
やりきったと感じた、わたしの人生はここから始まるのだとすら思った。採用試験に合格した魔法学校から「諸事情により不採用」という通知がくるまでは。わたしは瞬時に、やられたことを理解した。あの人たちがやったのだ。

感情が迷子になったままで、わたしは両親に手紙を出した。いつも通り文面だけはしおらしく従順なふりをして、何をしたのかと問い詰めた。返ってきた手紙の中には、わたしが合格した魔法学校にどのように圧力をかけたのかという詳細が得意げに書かれてあった。わたしの中で、ぽきりと何かが折れた。

わたしには、どうあっても魔法しかない。でも、魔法を生業にしようとするのなら、両親からは逃げられないのだろう。魔法を使わずに他国で生きていけるような勉強はしてこなかった。冒険者になることも考えたけれど、魔法を使った時点でいつかバレて連れ戻されることが容易に想像できた。

自国から遠く離れた国であれば大丈夫なのではないか、とも思った。しかしうまくいったとしても、

魔法使いは意外と繋がりが強い。特に古代魔法に特化している魔法使いは少ないが、その分結束力が強かった。無理矢理に逃げたとしても、いつ連れ戻されるのかと怯えながら生きていかなければならないだろう。戻るしかなかった。あの、何の喜びも見いだせない冷たい家に、わたしは帰らなければならないのだ。

一番の友だちであるシャノンにそのことを伝えると、彼女は一緒に泣いてくれた。それだけで、状況は何も変わらないのに少し救われた気がした。……どうなっても、わたしの人生は終わらない。今は両親に逆らえなくても、ずっとあの二人の言いなりではいない。そう決意することができた。

強がりかもしれなかったけどそれでも前を向いて卒業式の後夜祭を楽しんでいた時、わたしはわたしの運命と出会った。

運命などというと何とも大袈裟で臭い言葉なのだけれど、それ以外には表現のしようがないのだ。後夜祭に現れた金髪の恐ろしく美しい男がわたしを運命だと言い、わたしもそれを受け入れてしまったから。

今日は仕事もなく外にも出る気分じゃなかったから、朝食後はソファに深く座り込んでのんびりした。久しぶりにあんな夢を見たからか本を読む気分でもなく、かといって別の何かがしたいとも思えない。こんな日もたまにはいいだろうと少しうとうとしていると、甘い匂いが漂ってくる。多分、コ

コアだ。

「ヴァイオレッタ、ぼんやりとしてどうしました?」

カップを二つ持った夫が、芸術的に美しく微笑みながらわたしの隣に座る。

「……三年前のことを思い出していたの」

「ああ、私と会った日のことですね。私もよく覚えていますよ。光り輝く貴女を一目見た瞬間に体中の血が燃えるようでしたから」

「本当にいつまで経っても大袈裟よね」

「本当のことですから」

ココアがたっぷり入ったカップを受け取り、一口含む。温かくて甘い。夫が淹れてくれるココアは、ハチミツがたっぷり入っていてとても美味しい。

「クライヴは、最初の頃のわたしをどう思っていたの?」

「最初の頃と言いますと?」

「貴方に攻撃的だった頃のわたしよ。巣穴に連れて来られた直後あたり」

「なんて美しく愛らしい人なんだろうなあと日々感動していました」

「……」

「本当のことです」

嘘ではないらしいのだけれど、どうしても大袈裟に聞こえるのだ。なんて返すのが正解なのか、三年経った今でも分からない。同じく竜人を夫としているシャノンに聞いたこともあったけれど、彼女も分からないと言っていた。ただまあ、言葉の端々に上位の存在からの傲慢は感じる。

「そうね、どうせ貴方から見ればわたしなんて危険因子にすらならないのだから当然よね」

「そうやって強がる貴女も可愛いですよ、ヴァイオレッタ。ですが、どうしました？」

「……夢見が悪かったの」

「そうでしたか」

夫はわたしのカップを取ってサイドテーブルに置くと、腰に腕を回してきた。そのまま夫の肩に頭を預ける。……三年前のあの頃に、こんな関係になる人が現れるなんて本当に考えもしていなかった。

「ねえ」

「はい？」

「わたしのこと、面倒じゃない？」

「何故？」

「……」

「ヴァイオレッタが怖い夢を見たのは嬉しいことではありませんが、私は今、貴女を腕に抱けて幸せを感じていますよ」

夫の声はいつだって甘い。面倒かと聞いておいて何だが、この質問自体が面倒そのものだろう。けれどもうここまでくれば、面倒ついでにもう一つ聞いてしまおう。

「前から、聞いてみたかったんだけど」

「はい」

「もし、わたし以外にも純白の魔石を作れる人がいたとして」

「いませんよ」

「いたとして！　……たくさんの人の中から花嫁を選べたのなら、どんな人がよかった？」

「えぇ……？」

珍しく困惑した表情の夫は、暫く考えたあとに口を開いた。

「そうですね、自分をしっかりと持っていて気が強くて……」

「うん」

「その分少し甘え下手で、でも可愛らしくて朝に強くて」

「うん？」

「淡い青銀の髪と透き通るような緑色の瞳を持っていれば最高です」

「……わたしじゃない」

「ヴァイオレッタですね」

そういうことを聞きたかった訳ではなかったけれど、多少は予想していた答えでもあったので驚きはしない。それでも呆れてため息を吐くわたしの手を夫が握った。

「……昔、エヴァンが似たようなことを言っていました。運命なんて呪いだとか、何とか」

「わたしも少しそう思うわ。貴方たちって選択肢がないのよね。せっかくどんな人でも選べるような権力も美貌も持っているのに」

呪いなんて、言い得て妙だ。竜人として生まれて、この世の何よりも高みにいる筈であるのに伴侶すら自身で選べない。衝動のようなものに突き動かされてたった一人の花嫁を探し続けて愛し続ける。綺麗なおとぎ話のようで、けれど自由がない。

「貴女たちは考えすぎなんですよ。事象とは過去に起こったことの積み重ねであり、それ以外のことにはなりえない」

「つまり？」

「ヴァイオレッタが私の花嫁で私が貴女の運命であることに変わりはない、ということです。それ以上でも以下でもなく、そして以外も起こりえない」

そういうものなのだろうか。竜人でないわたしには、理解してあげることのできない考え方なのかもしれない。

「ヴァイオレッタ、魔石を見せてください」

そう夫に言われ、首に下げている布でできた小さな袋を取り出す。そこには、真っ白な魔石の種が入っていた。一見するとただのガラス玉のようだけれど、これは大切なものだ。

魔石の種とは魔法使いが三年間持ち歩くことで、その魔法使いが持つ色を写すものだ。肌身離さずとまではしなくていいが、途中で長い時間魔石の種から離れてしまうと魔石の種は魔石にならずただの色のついたガラス玉になってしまう。普通であれば、この魔石とはただの魔法使い専用の身分証明書のようなもので、本人以外には特に価値のあるものではない。けれど、竜人の花嫁にはこの魔石が必須なのだ。この魔石がなければ彼らは子どもが作れないらしい。わたしは訳があって学生時代の魔石を駄目にしてしまったから、三年前からまた作り直している。

白く染まった魔石の種を夫に渡すと、彼はうっとりと目を細めた。

「ああ、あと数日で、この魔石は完成しますね。この三年はあまりにも長かった……」

「嬉しい？」

「ええ、とても」

「……わたしは、本当にこれでよかったのか、分からない」

「と、言うと？」

わたしは口を開いて、けれど閉じた。話したいことが纏まっていない。どうしてこんな話をしてしまったのか、少し後悔をしている。きっとあの夢のせいだ。

「ヴァイオレッタ、私は決して怒らないからどうか話してください」

そう優しく諭されてしまっては、さすがに何も言わないでいることはできなかった。まだ纏まってはいないままの頭の中をできるだけ整理しながら、息を吸った。

「たまに思うの、わたしはここにいていいのかしらって」

「何故？」

「……分からないわ。竜人であるクライヴがわたしを望んでいて、それが世界の為で、わたしもここにいられるのが嬉しい。シャノンとも会えるし、クライヴと一緒に世界のいろいろな所を見てまわるのも楽しいわ。でも、本当にこれでよかったのかしらって、思ってしまうのよ」

わたしは今、間違いなく幸せだ。これといってどうしても就きたい職業があった訳でもなく、何としても叶えたい夢があった訳でもない。ただあの冷たくて重苦しい家から抜け出して、人並みに笑っていられるくらいの稼ぎと友人と、できれば恋人でも作れたらいいなと思っていただけだった。それが食べるのに困らないどころか、貢ぎ物として教会から支給されるものは全て高級品で住む場所は何の不足もなく、わたしだけを愛してくれる美しい夫までいる。完璧すぎてぐうの音も出ない。

でも、これでよかったのだろうか。わたしは竜人である夫の妻として相応しいのだろうか。だってきっと、彼の妻はわたし以外のもっと能力の高い人でもよかった筈だ。そんな人たちを差し置いて、ただただ両親から逃げ回っていただけのわたしが彼の妻の座にいることは、果たして正しいことなのだろうか。

「私から、逃げたいと思っているんですか。私のことが嫌いになってしまいました？」

「そうじゃないわ。確かに初めは何て頭のおかしい人だろうって思ったけど、今は貴方のこと好きよ。優しいし、よくしてくれるし、ぞっとするくらい完璧そうに見えるのにかなり大雑把だし、魔力が非常識なくらいあるのに魔法使うのも下手だし、そういう所は可愛いと思うわ」

「……最後の方、褒められている気はしませんでしたが、それはどうも。では何故？」

「きっと、そうね、自信がないのかもしれないわ」

「自信？」

「お母さんになる、自信かしら……」

この魔石が完成すれば、いつ子どもができてもおかしくない。同じく竜人を夫とするシャノンは、この前可愛い赤ちゃんを産んだ。お互いに結婚してから三年くらい経つのだし、よい時期だろう。でも、急に怖くなったのかもしれない。わたしはちゃんと〝お母さん〟になれるのかしら。

「ええと、どういう意味でしょう。体に違和感でもあるのですか、そんな感じはしませんが、念のため水や土の竜人の奥方に診てもらいましょうか？」

「身体的な問題ではなくて、精神的なものよ。……少なくとも、わたしは母に愛された記憶がないの。そんなわたしがちゃんとお母さんができるのかなって」

母どころか、父にも親戚にもわたしを愛してくれた人なんていなかったのではないだろうか。衣食住は整えてもらった。それを愛だというのであれば、そうだったのかもしれない。

でも、同い年くらいの子どもが両親と手を繋いでいたり、転んで泣いているところを慰めてもらっているのを街で見かける度に羨ましかった。わたしはああいう、分かりやすい愛がほしかった。一度でもいいから、抱きしめてほしかった。……それをしてもらえなかったわたしが、子どもに愛情を注げるのかが分からなくて怖い。もしかしたら子どもを産んでしまったら、わたしも母たちのようになってしまうのではないかと不安で苦しい。

……変なこと言ってしまった。こんなこと、自分で解決しなければいけないのに。謝ってしまおうと顔を上げると、夫は微妙な顔でこちらを見ていた。

「……？」

「……相変わらず、情緒の分からない人ね」

「申し訳ない……」

「別に、いいわ」

夫は、絶対強者である自覚を持っている。多かれ少なかれ、竜人たちはそういう自覚を持っているのだろう。だからなのか夫はなんというか、情緒とか人の気持ちとかを理解するのが苦手なのだ。

シャノンの夫である闇の属性を持つ竜人はここまでではないので、竜人もいろいろあるのだろう。

まあ、いい。この話は終わらせよう。そう思った途端に、夫が口を開いた。

「……そう、ですね。私はヴァイオレッタに私の子どもを産んでほしいとは思っていますが、どうしてもというのなら別にいいですよ」

「……いいって何？」

「ヴァイオレッタが産みたくないのなら産まなくてもいいですよ」

一瞬、世界の全ての音が消えたかと思った。竜人は、その存在自体が世界を保つ為に必要なのだ。一代につき一人、必ず血を繋いできた。それは、つまり……。

「わたし以外の誰かに産んでもらうの……？」

普通に聞いたつもりだったのに、最後は声がかすれてしまった。辛うじて涙は出なかったからよかった。わたしがそれを悲しむ権利はないのだから。

竜人は特別な存在で、彼らがいなければ世界は崩れてしまって、それならわたしみたいな出来損ないじゃない、もっと〝お母さん〟に相応しい誰かに代わってもらった方がいいに決まっていて、だから。

「な、何をです？　ヴァイオレッタ、どうしたんですか。どこかが痛むのですか？」

「ううん、ちが、違うの、痛くないわ。何にもない、大丈夫、何にもないから」

「何もないのにそんな顔をする筈がないでしょう。ヴァイオレッタ、こっちを向いてください。あっえ、まさか……！」

クライヴの狼狽え方を見るに、きっと酷い顔をしてしまっているのだろう。せめて落ち着こうと思って移動しようとしたのに、腕を掴まれて立つこともできなかった。思い切り力を込めてもびくともしなくて、どうしてなのか惨めだ。

「貴女以外の誰かってそういうことですか？　ヴァイオレッタ、貴女以外に私の子どもを産める人間なんていないんですよ⁉」

「……え？」

「いる訳がない。だからこその運命であり、花嫁です。大体、私がヴァイオレッタ以外とどうこうする筈がないでしょう」

「でも、じゃあ、なんでさっき……」

「？　だって別に、貴女が嫌なら無理をしてまで世界を保つ必要もないでしょう？」

「……あるわよ」

「ないですよ。ヴァイオレッタ以上に価値のあるものなんてこの世に存在はしない。大体、竜人が一人くらい欠けたところで世界がすぐに消えるかなんて分からないじゃないですか。何らかの不具合が起きたのなら、それはあとに生まれた人たちがどうにかしますよ」

ぐらぐらと揺れていた頭と感情が、すんと落ち着くのを感じた。ああ、そうだ。この人こういう人だった。いや、人じゃないんだけど。

「ですから安心してください、ヴァイオレッタ。貴女が嫌がることを強要はしませんから」

「一つも安心できる要素がないのよ」

「ああ、その顔は何だか会ったばかりの頃の貴女を思い出します」

「はあ……」

わたしは呆れた顔を隠しもせずに、たっぷりため息を吐いた。夫はたまに、自分の立場を全く理解していないような言動をする。その原因が大抵わたしに絡んでいるから性質が悪い。お義母様にも「常識と良識を教えようとはしたのだけれど、これが限界だったの」と謝られたくらいだ。今回の発端は確かにわたしの発言が原因かもしれないけど、わたしだけの為に世界に不具合が起きてもいいとか思わないでほしい。

そうだ、何を弱気になっていたのだろう。そもそも、わたしはこうやってうじうじと悩むタイプではない。夢見が悪かったにせよ、今日は調子が悪いらしい。

「……ヴァイオレッタ、私はまたよくないことを言ってしまいましたか？」

「いいえ、今回のはわたしが悪かったわ。ただし、世界がどうなってもいいとかは言っては駄目よ」

「どうなってもいいとはさすがに思っていませんが、優先順位なら貴女の方が高いということですよ」

「それでも外で言っては駄目」

「分かりました」

神妙そうに頷く夫を見て、わたしはもう一度大きく息を吐いた。頭もよくていろんなことを知っているのに、思考が単純というか素直というか。そういうところも見た目の雰囲気との乖離が激しい。

「……ねえ、わたしとの赤ちゃんほしい？」

「それは勿論」

産みたくないなら産まなくていいと言っていたのと同じ口で、夫はにこやかに子どもがほしいと言い切った。両方ともが本心なのだろう。そうだ、必要以上に難しく考える必要はない。

「そう……。ならいいわ、産んであげる」

「……いいのですか？」

「いいわ。わたしは両親とは違うのだし、クライヴもいるのだから何とかなるでしょ」

「ええ、そうです。何とかなりますとも！」

夫はそう言って、とても綺麗に微笑んだ。しかしこの顔は、何も考えていない顔だ。でもきっと何かあった時は何とでもしてくれるのだろう。夫はそういう人だった。

初めは考え方が違いすぎて、きっとこの人のことを好きにはなれないんだろうと思っていた。好きにはなれなくても、あの家から連れ出してくれた恩はあるから従おうと考えてもいた。

けれど夫は、そんなわたしをただただ愛してくれた。傍にいてくれるだけで嬉しいと喜んでくれ、初めて食事を用意した時なんて感動して泣きだしたくらいだ。大袈裟だとは思ったけれど、悪い気はしなかった。ゆっくりとじわじわと染み込むように愛されることが心地いいと感じてしまった時には、きっともうこの人のことが好きだった。

そう、わたしはこの人のことが好きだ。世界のことは一旦置いておいて、この人の子どもを産んであげたいと思うし、ほしいと思う。過去は所詮過去で、未来にはならない。何とかなると夫が言ってくれているのだし、きっと本当に大丈夫なのだ。軽くなった心のままに、笑いが零れる。

「困ったらシャノンやお義母様に聞けばいいしほかの竜人のご夫人方もいらっしゃるし、教会の支援もあるから大丈夫よ」

「それは先に私に頼ってくれるんですよね。そうですよね、ねえ、ヴァイオレッタ？」

あ、面倒くさいモードに入った。夫はこうなると地味に長い。おそらく嫉妬なのだろうけれど、いつもは大抵のことは気にしないのにねちねちと絡んでくるのだ。

わたしは未だに握られていた手を振り払って立ち上がる。

「ああー、なんか出かけたくなっちゃったなあ。クライヴも一緒に行く？」

「当たり前じゃないですか」

「別に来なくてもいいのよ？」

「行きます！」

「ふふ、じゃあねえ、どこに行こうかしら」

夫はお出かけが好きだ。わたしも外に出るのが好きなので、気分転換には丁度いい。夫はいろいろな場所を知っていて、たくさんの景色を教えてくれる。きっと、あの家に居続けたなら見られることのなかった景色は、どれもわたしのお気に入りだ。

「街がいいならそろそろ農業祭をする国がありますよ。花が見たいなら西の方ですね、一つの山が全て真っ白になるくらいに花で埋め尽くされている場所があるんです。あとはそうですね、貴女の好きな遺跡とかはどうです？」

「遺跡は仕事で見られるから今日はいいかな。お花が見たいわ」

「分かりました、案内しましょう。私の竜体に乗って行きますか？」

「転移魔法でお願い」

わたしがにこりと微笑むと、夫もにこりと微笑み返してくる。

「竜体に乗った方が風が気持ちいいと思いますよ」

「転移魔法でお願いね」

「……行き過ぎたら困るじゃないですか」

眉間に皺を寄せながら夫が渋い顔をする。夫は転移魔法が苦手だ。というか、魔法が苦手だ。その辺にいる人間の魔法使いよりは勿論すごいのだけれど、魔力の調整が下手だった。遠くの土地に転移する時にはよく位置がずれていてもうそれが標準になっている。しかし、さすがにそういうのは恥ずかしいらしい。

転移魔法を使いたくないから竜の体に変化して移動がしたいみたいなのだけれど、それはわたしが嫌だ。飛ばされることのないようにしてくれてはいるものの、空を飛ぶのは慣れないし高い所は怖い。それに魔法は練習をしないと上手くならない。

「行き過ぎた時はわたしが細かい調節してあげるから、転移魔法で行くわよ。はい、立って」

「ええー……」

「……わたしは一人で別の場所に行ってきてもいいのよ？」

「嫌です！」

「一緒に行きたいの？」

「行きたいです」

「そう、わたしもクライヴと一緒に行きたいから嬉しいわ」

「ヴァ、ヴァイオレッタ……！」

「だから転移魔法も頑張ってね」

「う、はい……」

立ち上がった夫は、わたしのことをぎゅうと抱きしめてぶつぶつと魔法理論を呟きだす。転移魔法中にわたしと離れ離れになるのが怖いらしい。そんなことは滅多に起きることではないし、魔法理論なんて考え出すから変に力が入って失敗するのだと思うのだけれど、それは言わないでおくことにしてわたしも夫に抱きついた。

11……秘密の消失と新たな発生……

「ご歓談中、失礼をいたします。ですがどうか、お教えいただきたいのです。黒夫人は、闇の竜体をご覧になったことがおありですか？」

世界聖竜王教会上層部主催の絢爛豪華なパーティーの最中、男性信徒の一人が若干目を血走らせながらそう聞いてきた。隣に立っているヴァイオレッタが不快そうに顔を歪めたが、その信徒は止まらない。

黒夫人とは、私のことらしい。闇属性の竜人であるエヴァンの妻だから、黒夫人。ちなみに光属性の竜人の妻であるヴァイオレッタは白夫人。ほかの夫人方も夫の属性の色で呼ばれている。

クライヴさんがエヴァンを挨拶に連れて行くと引っ張っていったのでヴァイオレッタと話をしていたのだけれど、そこに信徒が割り込んできた状態だ。ほかの人たちは気を使ってか私たちを遠目に眺めていたので少し驚いた。

竜人は、こうやってたまに世界聖竜王教会が主催するパーティーに参加しなければいけないそうだが、エヴァンと結婚して一年の私は今回初参加となる。エヴァンはかなり嫌がっていたが、クライヴさんに「お前はここ何年も出ていないのだから、今回くらいは顔を出しなさい。それに花嫁の美しい装いを見るのもいいものですよ」と諭されていた。ちなみに同じく結婚して一年のヴァイオレッタはこれで三回目の参加だそうだ。クライヴさんはこういう催しが好きらしい。

そんな訳で、エヴァンが悩みに悩んで選んだ美しい黒主体のドレスと紫色の宝石を身に着けて参加したパーティーなのだ。隣にいるヴァイオレッタは金の刺繍が施された白主体のドレスに青色のペンダントを着けている。私たちの並んだ姿に夫たちは満足そうだったけれど、この場を見られたら多分すごく怒ると思う。あの人たちはかなり嫉妬深いのだ。

静かに心配をする私をよそに、話しかけてきた信徒は興奮を抑えられない様子でまくし立ててきた。

「五種いらっしゃる竜人閣下の内、闇の属性をお持ちの竜人閣下のみが頑なに竜体をお見せくださいません。我々としましては、敬慕の対象たる竜人閣下の竜体をこの目で見ることはできずとも、どのような御姿をしていらっしゃるのか是非ともお聞かせいただきたく――」

竜体というのは、竜の姿のことなのだろう。一生懸命に話しているところ悪いのだが、期待には添えそうにない。だって、私もエヴァンが竜になっているところを見たことがないのだから。さてそれをどう説明すべきか。私がそう考えこんでいると、ヴァイオレッタが半歩前に出ていた。

「本当に失礼ではなくて？　そもそも貴方たちはわたしたちへの許可のない直接の接触は認められていないのではないの？」

「まったくもってその通りでございます、白夫人。ですが――」

「まさか、私の妻へ反論をしようと?」

「ひ」

私がヴァイオレッタを止める前に、信徒の肩をクライヴさんが握っていた。掴んでいた、ではなく握っていた。ああ、あの人はきっと怒らせてはいけない人を怒らせた。口角だけを上げたクライヴさんは決して笑ってはいない。

これはどうすべきかとヴァイオレッタの方を向くと、彼女の表情を確認する前に後ろに引っ張られた。

「わ」

「帰るぞ、シャノン」

「エヴァン、いいんですか?」

「いい」

あからさまに機嫌の悪そうなエヴァンは、魔力すら漏らしながら酷い顔をしている。あの後夜祭以来の礼服で、素晴らしく格好いいのにもったいない。……私も、久しぶりにドレスを着たのに少し残念だ。

そんな私の思いを知ってか知らずか、クライヴさんがこちらに向かって微笑む。

「いいですよ、これは私がどうにかしましょう。せっかく珍しくエヴァンが来たというのに、こんなのが紛れ込んでいたなんて。まさか私がいない場所で私のヴァイオレッタと会話をするような愚者がいるとは思っていませんでした」

「もっ、も、申し訳ごっ」

「黙れ」

「クライヴ」

「大丈夫、大丈夫ですよ、ヴァイオレッタ。ええ、分かっていますとも。勿論ですとも、ええ」

「ねえ、何が分かっているの。ねえ、クライヴ」

ヴァイオレッタが制止をしたものの、珍しく敬語を外したクライヴさんは私たちに話しかけてきた信徒の肩を離さない。やっと教会の偉い人たちが騒ぎを聞きつけてこちらに走ってきていたが、私はエヴァンに抱きかかえられるようにして外に連れ出されていた。

教会所有の大きなお屋敷は庭園も広くて、魔道具できらきらと照らされていて綺麗だ。あんな飾りつけは見たことがなかった。学園にいた時やあの後夜祭の時だってたくさんすごくて綺麗なものを見たつもりだったけれど、ただの田舎者だった私が知らない世界はこんなにもたくさんあるらしい。

「離れてすまなかった、何もされていないか？」

「それは大丈夫です。ヴァイオレッタが庇ってくれようとしてくれましたし、あの人も一応あれ以上は近寄らないようにはしてましたよ」

「だから何だ、許しもなくお前たちに近寄った時点で奴はこの会に参加できる資格がない」

「……何だか、すごい重要人物になった気分です」

「……すごい重要人物なんだ、シャノンは」

言い終わる前に、エヴァンは転移魔法を使った。使う時は使うって言ってほしい。浮遊感がぞわりと背中を撫でて、私は目の前の彼に抱きついた。そしてすぐに足が地に着く。相変わらず、彼の魔法は正確で早い。瞬く間に、もう巣穴の前だ。

「そろそろ自覚をしてくれ。次はないが、もしまた今夜のようなことがあればすぐに俺を呼べ」

「……分かりました」

大丈夫だと言ったところで聞いてはくれないのだろう。私は素直に頷いた。

「……不満そうだな」

「不満という訳では、でも、そうですね。せっかく綺麗なドレスを買ってもらったのに、すぐに帰ってきてしまったのは少し残念です」

「ドレスくらいいつでも買ってやるし、いつでも着ればいいだろう」

「お家でドレスを着るのはちょっと……。やっぱりああいう華やかな場所だから着るものだっていうイメージがありますから」

残念だけれど、でもドレスを着るのはやはり多少の息苦しさも感じる。高価な宝石も着けていると緊張をする。こういうものを日常的に着ているような人たちは大変だ。私は家ではゆったりとした服装で過ごしたい。

帰ってきたのだし、もう着替えてしまおう。そう思って巣穴に入ろうとしたのだけれど、何故かエヴァンが黙ったままで動かない。

「エヴァン、どうしました？」

「……お前は何も聞かないな」

「何をです？」

「俺の竜体のことを奴に聞かれたんだろう。気にはならないのか、それともやはり見たくはないのか」

「……また変なことを重苦しく考えて！」

「こういう類の話は重苦しい話題なんだって言ってるだろうが！」

私は仁王立ちして両手を腰にやった。これは怒らないと駄目だ。エヴァンは放っておくとすぐにちょっとしたことで悩みだすからいけない。

「エヴァン、私は貴方の何なんです⁉」

「……シャノンは俺の花嫁だ」

「じゃあ、貴方は私の何なんです⁉」

「俺は、シャノンの夫だ」

「そうです！　私たちは夫婦で、他人があなたの体に興味を持とうと関係ないんです！」

「……シャノン、ちょっと話の種類が違うと思う」

「私も途中でそう思いましたけど、でも結局そういうことです。エヴァンが見られたくないって思っている姿を無理に見たいとは思いませんし、貴方のその姿を知らなくても私は貴方の妻ですし、貴方のことが好きです。それでいいんです」

　ほんの僅かに、エヴァンの竜体というものを見たい気持ちもある。好きな人の全てが知りたい、なんて本当にちょっとだけ思ってしまっている自分もいる。けれど、私は彼が自分の出自や姿に悩んでいるのも知っていた。それなのに、自分の気持ちだけを押し付けて見せてほしいと頼むのはおかしい気がする。

「……」

「ねえ、エヴァン、そろそろ入りませんか？　着替えたらお茶でも飲んでゆっくりしましょう」

「シャノン」

「はい」

「俺の竜体を、見てくれるか？」

「……無理をする必要はないんですよ」

「無理なんてしてない。……お前が、見てもいいと言うなら」

「じゃあ、是非見せてください」

どういう心境の変化なのかは分からないが、ここで遠慮をしてしまったらきっと一生エヴァンの竜体は見られないのだろう。無理をさせてしまっているかもしれないと思いつつも、私は欲望に忠実になることにした。

エヴァンは私に少し下がるように言うと、静かに魔力を纏い始めた。異質な雰囲気だった。私の知っているどの魔法とも違う、いや、これはもう魔法というものではないのかもしれない。彼はただ、目を閉じるような自然さで自身の体を変貌させていった。

ふっと強い風が吹いて瞬きをすると、そこにはエヴァンではなく大きな黒い塊が鎮座していた。

……違う、分かっている。この黒い塊こそが、彼なのだ。

「エヴァン」

「……」

「あれ、竜体になったらお話できなくなるんですか?」

「いや、喋れはするが」

「あ、口はそっちなんですね」

私はどうやらエヴァンのお尻に向かって話しかけていたようだ。私に合わせてか、伏せをする犬のような姿勢をとってくれているらしい。少し恥ずかしかったが、気にしないふりをして向き直る。

「エヴァン、貴方……」

「ああ」

「こっちの姿の時、目がくりんくりんで可愛いんですね」

「お前の感性はおかしい」

「失礼な！」

「絶対におかしい」

「愛する妻に対してそんな暴言を二回も言いますか、普通!?」

「愛してはいるが、それとこれとは別だ。それにこれは暴言ではない、事実だ」

「う……」

本当に目がくりんとしていてまつ毛も長くて可愛いのに、エヴァンはきっと自分の姿をしっかりと見たことがないからそんなことを言うのだ。月明かりが頼りなくて、真っ黒な彼の輪郭は曖昧だけれどそれでも目が可愛いのはしっかりと分かるのに。

「……緊張をして損をした」

「エヴァンが緊張なんてする筈ないでしょう」

「シャノンは俺のことを何だと思っているんだ」

「自信家なのに悪い方向に考え出すと止まらない人」

「……」

「それからそうですね、自慢の夫です。ふふ、やっぱりその目、可愛いですよ」

やっぱり暗くて、真っ黒なエヴァンの全体はしっかりと確認できないものの、彼の目は可愛い。けれどそう言われるのは嫌だったらしく、小さく身じろいでまた魔力を纏っていつもの姿に戻った。

「見せてくれてありがとうございました。じゃあ入りましょうか」

「……」

「エヴァン？」

「悩んでいたのが馬鹿らしくなってきた」

「だからいつも考えすぎだって言ってるじゃないですか」

「まあ、シャノンのそのふざけた反応は予測してもいたが」

「ふざけたってなんです」

不服そうな顔のままで、エヴァンは少し目を泳がせた。相変わらず辺りは暗いけれど、人の姿の彼は真っ黒ではないので表情くらいは分かる。

「言おうか言うまいか迷っていたんだが、もう一つお前に黙っていたことがあるんだ」

「……エヴァンって秘密が多いですよね」

「あえて言っていないことは、もうこれで無くなる」

「はい、ではどうぞ」

「お前の家のみーちゃんだが」

「え？　はい」

かなり意外な話題ではあったが、静かに頷く。みーちゃんとはオオトカゲで私の母の使い魔のことだった。オオトカゲで使い魔は珍しいが、とても優秀だと私の田舎ではちょっとした有名使い魔だ。エヴァンは私の実家にも挨拶に来てくれて、その時にみーちゃんを見てはいる。

「あれはオオトカゲではない」

「……オオトカゲですよ」

一瞬何を言われたのか分からなくて、咄嗟に反論してしまう。

「あれはオオトカゲではなくて、魔法生物だ」

「魔法使いと使役契約をした普通のオオトカゲですよ」

「まず魔力値も知能も高すぎる。使役契約をすれば能力が上がることはあるが、いくらお前の家系が優秀な魔法使いを輩出しているといっても高すぎる」

「そういうこともあるかもしれないじゃないですか。というか実際そうなんですし……」

「そもそも寿命がおかしい。シャノンのおばあさんが子どもの頃から使役契約をしていたと言っていただろう。確かにトカゲも種類によっては百年くらい生きるものもあるが、あれはその種ではない。そもそも該当する種がない。何かしらの突然変異種だとしても、全く見当がつかないのはおかしい」

「魔法使いと使役契約をした猫とかも寿命伸びるじゃないですか」

「あれはおそらく既に数百年は生きているぞ」

「……それが本当だとして、みーちゃんって何者なんですか」

「悪いものではないが、魔法生物であることは確かだ」

「えぇぇ……」

私は頭を抱えた。いや、別に魔法生物であっても困ることはないのだ。しかし、生まれてからずっと普通のオオトカゲだと思っていたみーちゃんが、そうではないのだという事実は何だかとっても受け入れがたい。

魔法生物とは、その名の通り魔法を使える生物たちのことだ。植物の形をしていたり動物の形をしていたりと様々で、魔法使いたちの使い魔として人気も高い。攻撃的な個体もいるが、友好的な個体もいる。魔法使いでなくても、犬猫のようにペットとして飼っている人もいるくらいだ。そんなふうに人間の生活に馴染み深い魔法生物だが、実はそこまで研究が進んでいない。

魔法生物は植物や動物のような繁殖をしないのだ。似たような魔法生物たちが群れを作っていたとしても厳密には同種が存在しない、その代にその一種しか現れないものらしい。では魔法生物はどうやって発生しているのかだが、それは謎なのだ。研究している学者もいるが、仮説はいくらでも出るが決定的な答えにはたどり着いてはいない。自然発生しているという事実以上の研究は進んでいないのが現状だ。

「そんな、みーちゃんが魔法生物だったなんて……」

「俺の竜体よりも衝撃を受けるんじゃない。それと、これも推測になるが」

「まだあるんですか？」

「お義母さんはそのことを理解していると思うぞ」

「お母さんがみーちゃんのこと普通のオオトカゲだって言ってたのに!?」

どうして教えてくれなかったのか。大人が子どもに信じさせる優しい嘘に気づいた時のような衝撃が私を襲う。というか、そもそも嘘を吐く必要があったのだろうか。使い魔なのだから、別にオオトカゲでも魔法生物でもどっちだっていいのだ。お母さんはどうしてそんな訳の分からない嘘を吐いたのだろう。だって本当に「みーちゃんは普通のオオトカゲだから無理をさせちゃ駄目よ」って、ええ……？

「子どもの頃に魔法生物だと知っていれば、無茶をすると思ったんだろう。……その、お義母さんはシャノンと違って多少破天荒なところがあるから、身に覚えがあったんじゃないか？」

「……そうですね、私は父似だそうです。この敬語口調も父がこういう話し方だったからだそうですし」

「そうなのか」

確かに、子どもって何をするか予測不能なところがある。それは理解できる。でも学園に入る前とか、いつでも話せる機会はあったのにどうして教えてくれなかったのか。……ああでも、あのお母さんのことだからただただ普通に忘れていたのかもしれない。私も先入観というか、思い込みがあったから疑いもしていなかった。

「でも何か、すごくショックです」

「だから俺の竜体よりもショックを受けるんじゃない」

「ま、まあ、みーちゃんはみーちゃんですからね。そう、魔法生物だろうがなんだろうが、みーちゃんはみーちゃんだから……」

「おい」

「エヴァンもそうですよ。エヴァンはエヴァンですから。特にエヴァンはエヴァンでした」

「分かるような分からないようなことを言うな」

「感覚で受け取ってください」

みーちゃんの話はショックすぎたが、エヴァンの竜体にはショックは感じていない。エヴァンの事情に関しては、卒業式の日にたくさんのことを教えられたので、それで全てが終わった気分だった。

確かに竜の姿を見せてもらったのは初めてだったし嬉しかったけれど、そこまでの衝撃を感じなかったのも本当なのだ。

それに実感もした。竜体であってもエヴァンはエヴァンだった。目は可愛かったが、結局彼は何も変わらない。

「ねえ、そろそろ入りましょうよ」

「……なあ、どうでもいいことではないんだぞ」

「勇気を出して言ってくれてありがとうございました……？」

「みーちゃんのことじゃない」

「え、ああ……」

エヴァンはむっつりと口を閉ざし、私を見つめてきた。さすがの私も、今のは返答を間違えた気がする。私はあまり気にしていないことだったけれど、彼は竜の姿について悩んでいたのだ。無神経にも程があったと慌てて訂正をする。

「ど、どうでもいいとは思ってませんよ。ただ本当に思ったよりもエヴァンだったので……。私だってさすがに大きくてびっくりするかなとは思ってたんですけど、目が可愛いなあって……」

「それはもういい」

「えっと、やっぱり見せなければよかったって思ってます？」

「そういうことじゃない」

「……でも、私も貴方の姿は秘密にしたいなって思ってますよ」

何を言ったらいいのか分からなくて、気づけば思いついたことをそのままに口に出していた。

「あの人にエヴァンの竜体のことを聞かれて、知らないから答えられないなって思ったんです。でも、見てしまった今はほかの人には教えたくないって思いました。エヴァンの目が可愛いのは、私だけの秘密でもいいかなって。……駄目ですかね？」

話しだしたことを途中で止める訳にもいかなくてどうにか最後まで話し終えたが、何だかおかしなことを言ってしまったかもしれない。どういう反応をされるのかと恐る恐る見上げると、エヴァンはさっきよりも表情を緩めてしかし黙ったままでこちらを見ていた。

「エヴァン？」

「それは別に、いいと思うぞ」

「……よかった、じゃあそうします。えっと、で、何で入らないんですか？」

許可を得られたことに安心したものの、やはりエヴァンはその場から動かない。目の前には巣穴があって、少し歩けば落ち着いて話ができるソファだってあるのにわざわざここで話さなければいけないことがあるのだろうか。それとも、まだ何か気になることがあるのだろうか。でも、もうあまり怒ってはいないようだし、では何が……。

黙ったままのエヴァンに困っていると、彼は僅かに目線を下げながら私の手を取った。

「……着替えるんだろう？」

「え？」

「帰ったら着替えるんだろう。もう少しそのままでもいいんじゃないのか、せっかく着たんだし」

「それはドレスのことを言ってる……ん、ですよね？」

「ああ」

「……私のこの格好、気に入りました？」

「よく似合っている」

「もしかして時間稼ぎの為に竜体を見せてくれたんですか？」

「……」

「ふ、ふふ、言ってくれたらいいのに」

くすくすと笑う私の額に、エヴァンの額が合わさる。言外に笑うなと伝えたいらしく、黙ったままで睨まれたがそれは無理だ。だって面白すぎる。あんなに嫌がっていた竜体を、私に着替えさせない為だけに見せてくれたのだから。……そのくらいに私のことを信頼してくれたのかと思うと、それも嬉しいけどそれはもうあえて突かないでおくことにした。

「ね、じゃあもう少し着替えないでいるんで、エヴァンもそのままの格好でいてください」

「分かった」

「ふふふ、この格好のままでお茶にしましょう。豪華なごっご遊びみたいできっと楽しいですよ」

「シャノンが楽しいならそれでいいぞ」

「ええ、楽しいです。……あと、みーちゃんのことを詳しく」

「ふ、分かった分かった」

二人して煌びやかな衣装で、いつものように巣穴に帰る。ドレスは少し苦しいけれど、たまにはこんな日もいいかもしれない。

《了》

あとがき

こんにちは、皆さま。橘叶和と申します。

この度は『友だち以上恋人未満の魔法使いたち』を手に取っていただき、ありがとうございます。

友だち以上恋人未満って、かなり楽しい時期かなって思うのですが、でもお互いにはっきりとさせてないずるい期間でもありますよね。好かれているのかな、嫌われているのかなっていうもだもだとした気持ちが共有できていたら嬉しく思います。


今回の作品は、出自にコンプレックスがあるやさぐれヒーローとそれを軽々と若干のノンデリでぶち破っていくヒロイン、それが最初のテーマだったように思います。絶対強者なのにそのコンプレックスを自分で消化できないエヴァンが運命なんていう強制力に抗ったものの抗いきることができず、いつの間にかそんなことはどうでもよくなるくらいにはのめり込んで最終的にはシャノンの包容力に甘え切っている状態でしたね。ネット掲載時はこの時点からの書き出しで、二人の出会いや在学中のエピソードなどはほとんど書けていなかったのですが書籍化にあたり加筆ができてよかったです。

シャノンは「普通に可愛い女の子」をイメージしていました。能力値は同年代の中ではかなり高いのですが、シャノンレベルなら学園の中にも数人はいるという設定でした。だからシャノンも高レベルクラスで目立ちたくないとは思っていたけれど、自分が特別の中の特別であるとかそういう思いあがりはせずに黙々と勉強に励んでいたのです。学園にはシャノンが能力を隠していたことに気づいていた先生も数名いたのですが、実を言うとあまり珍しいことでもないので放置していました。本当に才能があってやる気があれば、学園を出てからいくらでも巻き返しがきくという判断です。

話を戻しますが、シャノンはとびきりの美人ではなく笑うと可愛い想像力豊かなちょっと世話焼きな女の子でした。だからたまに癇癪も起こすし、思い込みもします。あれだけ露骨にアピールされて自分は友だちだと思い込めたのは、もうある種の才能だと思います。エヴァンは基本的にシャノンに甘えっぱなしですが、シャノンのこういう人間らしいちょっとしためんどくささにはきちんと向き合ってくれるので結局二人はお似合いなのです。作者は他人には理解できないところで支え合える関係が大好きですが、皆様はどうでしょうか？

最後になりましたがこの本を作るにあたり携わってくださった多くの方々、ネット掲載時から読んでくださった方々、そして今まさにこの文を読んでくださっている方々には感謝の念に堪えません。

ここまで読んでいただき、ありがとうございました。

橘叶和

友だち以上恋人未満の魔法使いたち1
～竜王陛下もカースト上位女子も私の人生の邪魔はしないでください！～

発　行
2024年5月15日　初版発行

著　者
橘叶和

発行人
山崎　篤

発行・発売
株式会社一二三書房
〒101-0003　東京都千代田区一ツ橋2-4-3 光文恒産ビル
03-3265-1881

印　刷
中央精版印刷株式会社

作品の感想、ファンレターをお待ちしております。
〒101-0003　東京都千代田区一ツ橋2-4-3 光文恒産ビル
株式会社一二三書房
橘叶和 先生／武田ほたる 先生

Printed in Japan, ISBN 978-4-8242-0173-7 C0093
※本書は小説投稿サイト「小説家になろう」（https://syosetu.com/）に
掲載された作品を加筆修正し書籍化したものです。